el Zorro

LLEGA EL ZORRO

Jacques Van Hauten
Ilustraciones de Javier Zabala
Traducción de Mario Merlino

Altea
AVENTURA

TÍTULO ORIGINAL:
ZORRO ARRIVE

Del texto: 1985, Zorro Productions
De la traducción: Mario Merlino

De esta edición:
1995, Santillana, S. A.
Elfo, 32. 28027 Madrid
Teléfono 322 45 00

Diseño de cubierta: Teresa Perelétegui y Javier Tejeda
Ilustración de cubierta: Juan Ramón Alonso

I.S.B.N.: 84-372-2192-7
Depósito legal: M. 15.880-1995

Impreso sobre papel reciclado
de Papelera Echezarreta, S. A.
Printed in Spain

Capítulo 1

La trampa

U N sol de plomo caía sobre la plaza mayor de Los Ángeles. En tres de sus lados, las paredes blancas de las casas resplandecían bajo la luz enceguecedora. Del lado de la sombra se levantaban los principales edificios del villorrio: el cuartel y la cárcel.

Los peones evitaban instintivamente acercarse a esos sitios y preferían discutir en pequeños grupos a pleno sol, en medio del calor bochornoso. Raros eran quienes se atrevían a buscar la sombra de los edificios militares.

En aquel tiempo, los españoles dominaban California. El capitán Ortega, comandante militar de la villa, era un hombre cruel a quien la población detestaba y temía.

Surgiendo de una callejuela, un hombre avanzó hacia la plaza. Bordeó la cárcel, fijando sus ojos en el centinela que rondaba la calle. Cuando éste hubo vuelto la espalda, el hombre se irguió de puntillas y dirigió la mirada por encima del portal al patio del cuartel.

Lo que observó le produjo un sobresalto. Dio media vuelta y cruzó la plaza en dirección a un pequeño grupo de peones.

—¡Han capturado al Zorro! —gritó—. ¡El Zorro está preso!

Cesaron las charlas y hubo una expresión consternada en todos los rostros. El hombre pasó junto al grupo sin reducir el paso y siguió proclamando la noticia:

—¡El Zorro está en la cárcel!

Se detuvo un momento, introdujo la cabeza por una ventana abierta y gritó una vez más:

—¡Han detenido al Zorro!

Se abrían bruscamente las puertas de las casas y la gente, enloquecida, acudía a la plaza. El hombre entró en la posada donde, a esa hora del día, reinaba una gran animación. Allí también pregonó su mensaje.

La plaza mayor, tan apacible unos minutos antes, pronto fue invadida por una multitud agitada. Se alzaban puños amenazantes, se oía un rumor hostil. Un peón, furioso, comenzó a vociferar:

—¡Muerte a Ortega!

Su mujer, presa del pánico, se echó sobre él para hacerlo callar. Afortunadamente, pues acababa de abrirse la puerta de la prisión. Salieron dos soldados y fueron a cuadrarse.

Detrás de ellos apareció el sargento García con un papel en la mano. Con un gesto aparatoso se enderezó las puntas de su triste bigote, golpeó tres veces su enorme vientre —García debía inclinarse si quería ver sus pies— y tosió ruidosamente para aclararse la voz.

Una vez que se hubo asegurado de que todas las miradas estaban pendientes de él, gritó a voz en cuello:

—¡Atrás! ¡Todo el mundo atrás! ¡Yo, el sargento García, os ordeno que retrocedáis! ¡Haced sitio!

Lentamente los campesinos retrocedieron y se

elevó un sordo rezongo cuando vieron que un extraño vehículo pasaba el umbral de la prisión.

Era una carretilla plana que transportaba una gran jaula de madera. Unos soldados la empujaron hasta el centro de la plaza entre los abucheos de la multitud.

¡Dentro de la jaula, como un animal acorralado, un hombre! Sus ojos lanzaban chispas y sus manos vigorosas sacudían furiosamente los barrotes. Con su traje negro cubierto de una gran capa que ondeaba a la par de sus movimientos, se parecía a un murciélago gigante. Una máscara negra le ocultaba el rostro, descubriendo solamente la boca y la parte superior de la frente. Todo el mundo, desde luego, había reconocido al prisionero.

¡El Zorro!

Una mujer se puso a llorar en silencio. Un soldado quiso burlarse de ella y le espetó:

—¡No hay que llorar, madrecita! ¡Más vale que cantes y bailes, que por fin este bandido está en chirona!

La mujer se plantó frente al soldado y le echó en cara:

—Para nosotros, los pobres, el Zorro no es un bandido. Es nuestro amigo. ¡El bandido eres tú!

Furioso, el soldado agarró a la mujer y la tiró brutalmente al suelo.

Un violento clamor se elevó de la multitud. Pero el Zorro había visto y oído todo. Pasó el brazo entre los barrotes de la jaula y abatió su puño

como un mazo en la cabeza del soldado, quien rodó por tierra junto a la mujer, bajo las risas burlonas de los campesinos.

Dado el tumulto, nadie había observado la llegada de un personaje sorprendente: Diego de la Vega. El elegante señor y su criado Bernardo habían bajado del coche y contemplaban la escena. Se hicieron un guiño cómplice y, con expresión perpleja, cruzaron la plaza para mezclarse con los curiosos. Lograron llegar a las primeras filas, justo frente al sargento García, que levantó la mano con un gesto solemne y reclamó silencio a grito pelado.

Diego no podía evitar la risa cada vez que veía al gordo García ofrecerse en espectáculo. El solo andar del sargento bastaba para hacer reír a todo el mundo: andaba como un ganso y su gruesa tripa sobresalía del pantalón como un globo a punto de estallar.

García respiró profundamente e hinchó aún un poco más su vientre.

—Escuchad la proclama que os voy a leer —gritó.

La multitud calló y García lanzó una mirada satisfecha a la redonda, él mismo sorprendido de que todos lo escuchasen en actitud tan obediente.

—¡Ciudadanos de Los Ángeles!... El bandido el Zorro, que ha aterrorizado a nuestra región durante tanto tiempo, ha sido hecho prisionero. Hoy, a las doce en punto, será desenmascarado. La población está invitada a asistir a este acontecimiento, después de lo cual el prisionero será colgado sin demora alguna.

Un silencio de muerte reinaba en la plaza. García alzó la nariz de su papel para ver si quedaba alguien allí. Finalmente gritó con una voz clamorosa:

—Esta proclama está firmada por el capitán Ortega, comandante de la villa de Los Ángeles.

Se dejó oír un murmullo reprobador entre el pueblo. Algunos excitados gritaron:

—¡Libertad para el Zorro!

Un solo cobarde soltó un hurra, pero la reacción de la multitud fue inmediata: unas piedras silbaron en los oídos del gordo sargento.

—¡Deteneos! —chillaba aterrorizado, echándose a un lado y a otro para esquivar la lluvia de proyectiles.

—¡González! —le gritó a un soldado—. ¡Manténgase en guardia aquí con el cabo Reyes y cuide de que nadie se acerque al prisionero!

Dichas estas palabras, dobló el papel y lo guardó en el bolsillo. Luego se abrió dificultosamente camino a través de la multitud hostil y se dirigió hacia don Diego.

Éste codeó a su criado y le susurró:

—¡Tengo la impresión de que el sargento viene a refugiarse junto a nosotros!

Bernardo aprobó con la cabeza, sonriendo. Bien se sabía en la villa que era mudo. Muchos creían que también era sordo y hablaban en su presencia de las cosas secretas, sin sospechar que sus finos oídos no perdían palabra de la conversación. Muy a menudo amo y criado habían sacado provecho de este recurso.

Con un aire de asombro, Diego miraba al gordo García, que avanzaba deprisa hacia él contoneándose sobre sus piernas cortas.

Diego se inclinó ligeramente ante el sargento jadeante y, con un tono burlón, le dijo:

—¡Mi enhorabuena, sargento! ¡Ha hecho un buen trabajo deteniendo a ese bandido!

García enrojeció, bajó los ojos y respondió turbado:

—¡Bah! ¡Poca cosa, don Diego! ¡Sólo he cumplido con mi deber!

Pero Diego se divertía pinchando a García y puso cara de intrigado.

—¡No sea tan modesto, sargento! ¡Ese Zorro es, a pesar de todo, un malhechor, un hombre peligroso!

García asintió enérgicamente y torció sus ojos furibundos, siempre estirando su bigote marchito.

—¡Sin duda! —exclamó—. ¡Es un demonio, créame! ¡Si supiese los esfuerzos que han hecho falta para reducir a ese animal! Se batía como un demonio. ¿Qué digo? Como mil demonios.

Y García sacó pecho con tanta fuerza que saltaron dos botones de cobre de su guerrera. Diego aplaudió estas palabras, riendo para sus adentros.

—Cuénteme, pues, sargento, la captura del Zorro. Ardo por saber cómo ocurrió.

García se mordió los labios y bajó los ojos ante el señor Diego, que fijaba sobre él una mirada intensa.

—¡Pues bien —dijo—, fíjese que...! ¡Pues! Nosotros... yo... ¡Pues...! Los soldados lo siguieron por la montaña. Luego, ¡pues...!

Ya no sabía que decir y apartó la vista.

—¿Luego? —insistió Diego.

García se encogió de hombros.

—No lo sé —reconoció lastimosamente—. No sé nada de nada. En realidad, ¡pues...! yo no estaba presente cuando lo capturaron.

Bernardo contemplaba las nubes y parecía no oír una palabra de la conversación.

Diego apoyó su mano en el hombro del sargento y dijo:

—¡Es una pena para usted, sargento! ¡Estoy seguro de que lo habrían nombrado lugarteniente, o hasta capitán, si hubiese capturado al Zorro usted mismo!

Alrededor de ellos, en la plaza, el ruido de la multitud no se aplacaba y los soldados se esforzaban a duras penas por mantener a la gente a buena distancia de la carretilla que llevaba al prisionero.

García echó un breve vistazo detrás de sí y cuchicheó al oído de don Diego:

—¡En el fondo, yo estoy muy contento de no haber estado allí! El Zorro hacía mucho bien por los pobres y, personalmente, le tengo simpatía. Diré incluso que he sentido miedo cuando supe que estaba detenido.

Alzó una vez más los hombros, como para disculparse, miró tristemente a Diego y concluyó:

—Ahora perdóneme, don Diego. El deber me llama. Voy a ver si mis soldados han construido la horca destinada al Zorro.

Y, después de estas palabras, se dio prisa en desaparecer.

Capítulo 2

La horca

DIEGO pronto olvidó al ridículo sargento García.

Le hizo una señal a su criado para que lo siguiese discretamente protegido por la carretilla. Pero desconfiaba de las miradas indiscretas, así que hizo gestos exagerados mientras hablaba. ¡Si un espía los estuviese viendo, creería a Bernardo verdaderamente sordo!

Diego murmuró:

—No hay que permitir que detengan a un inocente, Bernardo. Yo sé que el prisionero no es el Zorro. Es sin duda un ardid de Ortega para hacer caer al verdadero Zorro en una trampa. Vuelve a casa y ve a buscar mi traje. Tomaré esta noche una habitación en la posada. Comprendes bien de qué traje hablo, ¿no?

Y Diego trazó con la mano una Z como un relámpago. Con una amplia sonrisa, Bernardo demostró que había comprendido.

Subió al coche, hizo sonar el látigo y partió al trote corto. Diego miró alejarse el coche, respiró profundamente y cruzó la plaza en dirección a la posada. Entró y pidió una jarra de cerveza.

El sargento García se dirigió hacia el cuartel. Pasando ante el cuerpo de guardia, echó un vistazo por la estrecha ventana. Todo lo que vio fue una mesa y una silla. ¡Ningún ordenanza! Asomó la cabeza hacia dentro y gritó:

—Cabo Reyes, ¿está usted ahí?

Hubo un ruido confuso y García vio al cabo tumbado sobre las losas frescas, que se despertaba de un profundo sueño. Con los ojos hinchados y las piernas pesadas, Reyes se estiró un buen rato y se levantó.

—Aquí estoy —farfulló—. Pero me pregunto en realidad por qué.

García comenzó a gritar:

—¡Pedazo de poltrón! Debe estar ahí para montar guardia. Y para cargarse al Zorro si intenta escapar.

—Pero —preguntó el cabo—, ¿no debe ser colgado? En ese caso, yo no puedo cargármelo. Y además, el pueblo quiere ver cuando lo cuelguen, ¿no?

García respondió sin convicción:

—¡Es justo, cabo! El pueblo querrá ver esa ceremonia a toda costa. En consecuencia, no hay que matarlo. Si se escapa, sale usted de su agujero y corre tras él. ¡Y sobre todo, atrápelo!

Reyes consideró atentamente la gruesa cabeza de García encajada en el marco de la ventana y preguntó:

—¿Cómo saldré rápidamente de este agujero? ¡Ni siquiera puedo pasar por la ventana!

García tuvo un gesto de desesperación. Mesándose los bigotes, exclamó:

—¿Cómo ha entrado aquí, cabo Reyes?

—¡Por la puerta! —respondió Reyes con expresión de desdicha.

—¡Exacto! —dijo García—. En ese caso, ¿no le parece razonable tomar el mismo camino para salir?

Y la cabeza de García desapareció. Reyes se dijo que el sargento debía de tener razón. Pero las posibilidades de atrapar al Zorro, si llegaba a huir, eran mínimas, porque habría que atravesar todo el cuartel antes de alcanzar la salida.

Suspiró profundamente, se dejó deslizar de nuevo en el suelo, bostezó y cerró los ojos. ¡Qué calor! ¡Reyes estaba cansado! ¡Muy cansado!

García se dirigió luego a las caballerizas. Unos diez soldados estaban montados a caballo, dispuestos a salir en cuanto recibiesen la orden de hacerlo. García contempló a sus hombres con una mirada satisfecha y salió al patio.

La horca se alzaba muy nítida al sol. La trampa funcionaba a la perfección.

«¡Qué pena ser colgado en un día tan bueno!», se dijo García, que tenía buen corazón.

En su escritorio, el capitán Ortega, comandante militar de la villa, estaba sentado frente a una mesa repleta de papeles. Fumaba un largo cigarro negro. Sus ojos semicerrados miraban con desdén a Galindo, el alcalde, que estaba frente a él. De vez en cuando, Ortega echaba una gran bocanada de humo en la cara del alcalde que, tosiendo y escupiendo, hacía aspavientos para disipar el humo y miraba a Ortega en actitud de reproche. Pero Galindo no se atrevía a decir nada, pues, aunque era el superior de Ortega, en el fondo le tenía miedo.

El alcalde tosió y dijo vacilante:

—Querido capitán, lamento decírselo, pero no tengo confianza en su plan. Piensa que los amigos del Zorro intentarán liberar al prisionero. No estoy tan seguro. No lo harán sin saber a ciencia cierta que se trata del Zorro. ¡Y yo pienso que sabrán muy pronto la verdad!

Con una sonrisa despectiva, Ortega dijo:

—La gente es tonta, Galindo, sobre todo la de Los Ángeles. Para ellos, todo hombre vestido de negro y enmascarado es el Zorro. Si quieren liberar al prisionero, mis soldados los detendrán a ellos. Luego los haremos hablar. ¡Así que créame!: ¡yo sabré quién es el Zorro y dónde se oculta!

El alcalde sonrió con expresión irónica:

—¡En todo caso, actúe con rapidez! La revuelta crece. ¡Si no llega a dominar a los campesinos, lo echarán de la villa! ¡Será el final de su mascarada, señor... Fernández!

Miró al capitán con una mirada punzante y sacó lentamente de su bolsillo una pluma de águila. La puso sobre la mesa y dijo con voz lúgubre:

—¿Prefiere tal vez recibir un nuevo mensaje del Águila, capitán?

Gruesas gotas de sudor perlaban la frente de Ortega. Su seguridad se deshizo como nieve al sol. Exclamó en un espasmo:

—¡Tiempo! ¡Todo esto lleva tiempo! Dígale al Águila que me hace falta una prórroga. Juro que mañana el Zorro será mi prisionero.

En ese momento dieron tres fuertes golpes a la puerta. Ortega aprovechó la ocasión para eludir las amenazas de Galindo.

—¿Quién está ahí? —gritó.

—¡Soy yo, mi capitán! —respondió una voz.

—¿Quién es? —vociferó Ortega.

—¡El sargento García, mi capitán!

Aliviado, Ortega respondió con una voz cortante:

—¡Entre, sargento!

García traspasó la puerta, taconeó y saludó.

—Mi capitán —dijo—, la jaula está en su sitio y mis soldados están dispuestos a pasar a la acción.

Ortega pareció satisfecho. El alcalde no decía nada. Su mano jugaba con la pluma colocada en la mesa.

—¿Cómo reaccionó el pueblo? —preguntó el capitán.

García respondió, algo turbado:

—¡Creo que al pueblo no le convence esta ejecución, mi capitán! ¡Y, con todo respeto, me parece que usted está cometiendo un error!

Loco de rabia. Ortega saltó de su silla. Fue a plantarse frente a García y le echó el humo azul de su cigarro al rostro.

—¡Imbécil! —rugió—. ¿Qué quiere, pues? ¿Que me rebaje ante ese bandido? ¿Que le devuelva la libertad?

García sacudió la cabeza, aprobador, y retomó el aliento.

—¡Es una excelente idea, mi capitán! —dijo con una voz suave—. ¡Así obtendrá la estima de todos los campesinos!

Ortega se sofocaba. Su puño se abatió sobre la mesa. El golpe hizo saltar un tintero. Una gota de tinta salpicó la nariz del alcalde. Ortega comenzó a vomitar un montón de palabras en la cara del sargento:

—¡Idiota! ¡Cretino! ¡Incapaz! ¡No necesito la estima de ellos! Quiero que me obedezcan. ¡Monte guardia alrededor de esa jaula y detenga a todos los que se acerquen a ella!

Las piernas de García temblaban. Dio media vuelta y llegó a la puerta de puntillas. Antes de salir, se volvió tímidamente y preguntó:

—Mi capitán, ¿podría yo saber cómo se le ha echado mano al Zorro? Como jefe de los guardas, debo informarme de las circunstancias en las que lo hemos capturado.

A Ortega le rechinaron los dientes:

—¡*Nosotros,* no, sargento! Yo solo lo he capturado. Si no roncase tanto por la noche, me habría oído arrastrarlo al cuartel. ¿La horca está lista?

García sacudió la cabeza con tanto ardor que Galindo creyó verla separarse como la cabeza de un tentetieso.

—La horca está lista, mi capitán. Es una verdadera obra maestra. El mismo diablo no habría podido imaginar ingenio más eficaz. ¡Enhorabuena, mi capitán!

Ortega se sintió halagado. Su voz se volvió más dulce.

—¡Gracias, sargento! —dijo, y luego, dirigiéndose al alcalde—: ¡Perdóneme, amigo! Debo ir a inspeccionar la horca. ¡Quiero que todo esté en orden y que el pueblo se divierta!

Tuvo una risa cruel y se frotó las manos de satisfacción.

—Espero verlo en la ejecución, amigo Galindo —dijo finalmente—. ¡No se decepcionará, se lo prometo!

El alcalde vaciló, recogió la pluma de la mesa y dijo, con expresión de enterado:

—¡Piense sobre todo en no decepcionar al Águila, querido capitán!

Con un nudo en la garganta, Ortega salió sin decir palabra, seguido por el sargento García. A grandes pasos, cruzaron la plaza en dirección a la horca. García, jadeante, trotaba tras él. El gordo sargento comenzó a hacérse el gracioso:

—Pienso que nadie se sentirá decepcionado, mi capitán. ¡Salvo el Zorro, evidentemente!

Sonrió, contento de su broma, y continuó:

—¡Es francamente una horca maravillosa! Ya verá. Tendremos la horca más hermosa de la historia española.

Ortega no respondió. Al pie de la horca, García dijo, locuaz y sonriente:

—¿Quiere probar la escalera, mi capitán? No todo el mundo tiene la oportunidad de subir al patíbulo y bajar vivo de él al instante siguiente.

Ortega ignoró la alusión.

—Voy a subir a la plataforma —dijo—, y comprobar si la trampa funciona.

Y los dos hombres subieron la escalera de madera que conducía al patíbulo.

Ortega se colocó en el sitio mismo donde instalarían al condenado, sobre la trampa. Cuando ella se abriera, el Zorro caería al vacío y su cuerpo se balancearía al extremo de la cuerda.

Ortega alzó la cabeza y examinó el nudo corredizo. García dijo jocosamente:

—¡Es magnífico! El verdugo sólo tiene que pulsar este botón y...

Mientras hablaba, hizo presión y la trampa se abrió bajo los pies de Ortega. García continuó alegremente:

—¡... y la trampa se abre, y el Zorro se balancea al extremo de la cuerda! —y luego, volviéndose—: Ingenioso como sistema, ¿no es así, mi capi...?

García se quedó boquiabierto. Ortega había desaparecido.

—Mi capitán, ¿dónde está?

Vio entonces la trampa abierta y, al fondo del hueco, tumbado de espaldas y con las piernas separadas, a Ortega que lo miraba con ojos desorbitados.

—¡Oh! —dijo García—. ¡Ya veo! ¡Está inspeccionando, pues... la cueva!

Ortega apretó los puños, se incorporó y comenzó a chillar:

—¡Pedazo de imbécil! Salga inmediatamente de aquí o lo hago colgar en el acto.

—¡Vamos, mi capitán! No se enfade. Sólo he pulsado este botón y...

Afortunadamente para el sargento, llegó un soldado portando un mensaje.

—Mi capitán —dijo—, el pueblo va a rebelarse. —¡Ya no logramos contener a la multitud!

—¡Magnífico! —se alegró Ortega mientras García lo sacaba del pozo—. ¡Mi plan funciona, pues, a la perfección!

Se volvió hacia el sargento, quien adoptó su actitud más inocente.

—Sargento —ladró—, ¡no se olvide de mis órdenes!

—¡No, mi capitán! —respondió García lleno de dulzura.

—¡Silencio! —aulló Ortega.

—¡Sí, mi capitán!

Y García se mordió los labios con tanta fuerza que estuvo a punto de tragarse el bigote.

—¡Sobre todo que nadie dispare! —dijo Ortega—. ¡Todo hombre que se acerque al prisionero debe ser pillado vivo!

—¡Bien, mi capitán! —respondió García y, mostrando el hueco abierto—: ¿No hay que reparar la trampa antes de que algún otro imbécil se caiga, mi capitán?

Se acuclilló y se puso a reparar el ingenioso mecanismo bajo la mirada furibunda de Ortega. Sin decir palabra, Ortega desapareció. Reventaba de rabia. Pero la esperanza de ver pronto al Zorro balanceándose al extremo de una cuerda le devolvió todo su ánimo.

Diego salió de la posada y se puso a andar tranquilamente.

Se detuvo de golpe ante un espectáculo insólito: los campesinos en masa llevaban sus carros a la plaza mayor. Aquí una carreta cargada de cajas muy pesadas, más lejos un carro repleto de gruesas vigas y de leños. Acudió un hombre y susurró algunas palabras al oído de los campesinos.

Diego estaba perplejo: los peones tramaban algo. Pero, ¿qué? En ese momento, otras dos carretas desembocaron en la plaza, del otro lado. Todo ello era extraño. Diego cruzó la plaza y se detuvo junto a un carro cubierto con una tela grande. Por ventura, una brusca ráfaga de viento la levantó y Diego pudo ver a dos soldados a medias ocultos por cajas y armados con fusiles. No cabía ya ninguna duda de que el hombre en la jaula era un cebo para capturar al verdadero Zorro.

Diego dio media vuelta y alcanzó al primer grupo de campesinos. Conocía bien a muchos de ellos y sabía que no hacían buenas migas con los soldados. Cuando llegó ante los campesinos, éstos lo saludaron con respeto. Briones, su jefe, avanzó y tuvo un sobresalto cuando Diego hizo ademán de cerrarle el paso.

—¿Qué pasa, amigos? —dijo Diego—. ¿Hoy es día de fiesta? ¡Sois tantos! ¿No hay trabajo en el campo, cuando la cosecha está en pleno apogeo?

—¡Todo lo contrario de una fiesta, señor! No hemos venido a divertirnos —respondió Briones.

Diego sonrió y señaló la jaula.

—¿Para liberar a ese bandido del Zorro, tal vez?

—¡Es nuestro amigo! —cortó Briones.

Diego sacudió la cabeza pensativamente. Debía impedir a toda costa que esos hombres fuesen víctimas de sus buenas intenciones.

—¡Escuchad! —dijo—. El Zorro es de todos modos un bandido. La policía lo busca. Su cabeza está puesta a precio. ¡Creedme! Os hablo por vuestro interés. ¡Renunciad a vuestros proyectos y abandonad la plaza en seguida! Os arriesgáis a que os detengan y os metan en la cárcel.

Briones movió la cabeza en actitud obstinada.

—A pesar del respeto que le debo, don Diego, no podemos dejar que cuelguen a nuestro amigo sin intervenir. Haremos todo lo posible por liberarlo, porque sólo él puede protegernos contra los abusos de Ortega y de su amigo, el alcalde Galindo.

Dichas estas palabras, Briones hizo una señal a sus hombres para que continuasen el trabajo. Diego los vio irse; no podía hacer nada contra su voluntad. Fue entonces cuando un tercer grupo entró en la plaza, bajo la guía de un hombre que Diego conocía bien. El joven señor se dirigió inmediatamente hacia esas personas y levantó la mano para detenerlos. Los campesinos lo miraron con curiosidad. Diego, con gesto de sorpresa, preguntó:

—Juan, ¿qué hacéis aquí? ¿Por qué no estáis en vuestro trabajo en la hacienda?

Juan bajó la cabeza con expresión culpable.

—Perdóneme, señor —dijo suavemente—, pero he sabido que iban a colgar al Zorro en esta plaza a mediodía. Por ello hemos venido aquí, decididos a impedir ese crimen por todos los medios. Igual que los demás campesinos que están allí —añadió señalando con la cabeza al grupo de Briones.

Diego respondió con tono severo:

—Juan, no creo que a mi padre le guste este gesto. ¡Que su mejor obrero se meta en esto de liberar a un bandido! Así que te ordeno que vuelvas en seguida a la hacienda.

Fijó intensamente su mirada en los otros campesinos, que habían escuchado sus palabras en silencio, y prosiguió:

—También a vosotros: os aconsejo que volváis a lo vuestro.

Juan levantó con orgullo el mentón y su mirada se cruzó firmemente con la de Diego. Sacudió la cabeza obstinado y dijo:

—Lo lamento, señor: este hombre tal vez sea un bandido a los ojos de la ley, pero para los pobres como nosotros es el defensor de nuestros derechos. Esta vez no podré obedecerle, mi amo.

Diego bajó los ojos. No de vergüenza, sino para ocultar su emoción. Entonces miró a Juan y le dijo con dulzura:

—Yo, Diego de la Vega, querría tener amigos como el Zorro.

Luego, con un gesto de impotencia, continuó:

—¡En todo caso, os he prevenido! No puedo hacer nada más.

Juan saludó, hizo una señal a sus hombres y ellos continuaron su camino, decididos a poner su plan en ejecución. Diego comprendió que había perdido la partida y corrió hacia la posada.

Mientras tanto Bernardo, su criado, había vuelto y esperaba pacientemente a su amo junto al coche. Al llegar a la puerta de la posada, Diego le lanzó una mirada furtiva. Bernardo sacudió la cabeza y con el dedo trazó discretamente una Z. Diego sonrió y entró en la posada, seguido por su criado.

En la plaza, la agitación estaba en pleno apogeo. Por todas partes la gente discutía con grandes aspavientos y lanzaba en todo momento miradas enfurecidas hacia la jaula custodiada por los soldados. El prisionero parecía ser presa de un gran nerviosismo. Se agarraba a los barrotes y miraba ansiosamente hacia el portal del cuartel, de donde en cualquier momento podía salir el capitán Ortega.

En cuanto a los peones, se mantenían silenciosos cerca de sus carros muy cargados.

De golpe se abrió el portal, dejando pasar a dos soldados que se pusieron firmes a uno y otro lado de la salida. Luego se vio aparecer a caballo al capitán Ortega, flanqueado por un sargento García muy incómodo y de otros seis soldados.

Ortega paseó su mirada orgullosa sobre la multitud. Reinaba un silencio de muerte. Se habría oído volar una mosca. La tensión era extrema.

Había electricidad en el aire. Ortega mismo se sentía nervioso.

Entonces, como un trueno, la voz de Briones desgarró el silencio:

—¡Adelante! ¡Liberemos al Zorro!

De todos lados, los hombres se lanzaron al ataque, armados de largas varas, de palos, horquillas y guadañas. Briones y Juan corrieron hasta la jaula y comenzaron a aflojar las cuerdas que unían los barrotes. Dominando el tumulto, Briones le gritó al prisionero:

—¡Zorro, nosotros somos tus amigos! ¡Hemos venido a liberarte!

Ortega lanzó una orden y los soldados a caballo pasaron al contraataque. Pero la barricada que formaban los carros obstruía el paso, los caballos tropezaban con las vigas arrojadas a sus patas, provocando un tumulto y unos clamores indescriptibles.

—¡Derrumbad esa barricada! —chillaba Ortega—. ¡No dudéis en pisotear a esos idiotas! ¡Hacedlos retroceder!

Los soldados se apearon y con todas sus fuerzas empujaron y apartaron los pesados carros que les cerraban el camino.

Entonces, de repente, rápido como el relámpago, apareció en la plaza un caballero todo vestido de negro, montando un semental fogoso con pelaje de ébano. Como el rayo, el caballo se lanzó a la pelea. La gente se apartó vivamente hacia un lado dando gritos de estupor.

Tornado, el caballo del Zorro, se encabritó y batió el aire con sus patas delanteras. Justo al lado del carro donde se escondían los soldados, el Zorro tiró de las riendas de su caballo. *Tornado* se enderezó de nuevo. Con una voz estentórea, el caballero gritó:

—¡Yo soy el Zorro!

De nuevo se elevaron unos gritos confusos de la multitud. Las miradas de los soldados estaban llenas de miedo y de estupor, mientras que la alegría brillaba en los rostros de los campesinos. Y la voz del Zorro tronó de nuevo:

—¡Salvaos! ¡Es una trampa que Ortega os ha tendido! ¡Salvaos!

Luego, de un espolonazo, el Zorro hizo saltar a su caballo hacia la jaula donde Briones y Juan habían parado su tarea. Alzaron hacia él ojos desorbitados.

—¡Salvaos, amigos míos! —exclamó el Zorro—. ¡Es una artimaña de Ortega!

Briones farfulló, señalando al prisionero con un dedo que temblaba:

—Si tú eres el Zorro, ¿quién... quién es él?

—¡Es un impostor! —gritó el Zorro—. ¡Un soldado de Ortega!

El prisionero comprendió que la artimaña estaba descubierta. Presa del pánico, se aferró a los barrotes lanzando llamadas de socorro a sus compañeros:

—¡Soldados! ¡Soldados!... ¡Auxilio! ¡Ayudadme!

Juan y Briones pasaron sus brazos entre los barrotes de la jaula y agarraron al falso Zorro. Atrayéndolo hacia ellos, con gesto salvaje, le arrancaron la máscara.

—¡Es el soldado Roberto! —exclamó Juan—. ¡Es verdad, era una trampa!

Comenzaron a sacudir furiosamente al hombre tras los barrotes y éste lanzaba llamadas de desesperación a sus amigos. Los soldados se adelantaron bajo una lluvia de piedras que silbaban en sus oídos.

El Zorro gritó a Briones y a Juan:

—¡Salvaos, rápido, antes de que Ortega os haga arrestar! ¡Os matará! ¡Salvaos!

Sacó su revólver y lanzó algunos disparos al aire. Alzando los ojos, vio justo enfrente de él a un soldado encaramado en el tejado de una casa: su lazo serpenteaba e iba pronto a abatirse sobre la cabeza del Zorro, pero éste, sin titubear, descargó su arma en la dirección del soldado. Hubo un grito penetrante. El cuerpo del soldado vaciló y se desplomó; acabó aterrizando con un ruido sordo en medio de la multitud vociferante.

Briones y Juan pensaron que era más prudente seguir el consejo del Zorro. Se inclinaron rápidamente a guisa de saludo y se dieron prisa en desaparecer del lugar.

El Zorro tiró de las riendas de *Tornado* y el semental negro dio media vuelta. De un vistazo, el Zorro valoró la situación: vio que la atención de los soldados se volvía ahora hacia los peones que huían para protegerse.

Deliberadamente el Zorro hizo encabritar a su caballo, a fin de atraer sobre sí las miradas de los soldados. Por encima del tumulto llegó la voz excitada del sargento García:

—¡El Zorro! ¡Es él, el verdadero Zorro!

Entonces García se precipitó hacia el capitán gritando:

—¡Mi capitán, mi capitán! ¡Fíjese, es el Zorro! ¡El verdadero Zorro, mi capitán!

Ortega hizo remolinear su lazo y lo lanzó con una voz furiosa:

—¡Atrapadlo!

El Zorro intentó escapar a sus enemigos, pero un lazo silbó por encima de su cabeza y el nudo acabó por enrollarse en el cuello de *Tornado*. Bruscamente detenido en su carrera, el caballo negro se desplomó. El Zorro acabó desmontado y proyectado en el aire. Su amplia capa negra se abrió un instante como las alas de un murciélago y luego cayó pesadamente en el suelo. Los soldados, llenos de alegría y de entusiasmo, gritaban:

—¡Hurra! ¡El Zorro está preso!

Capítulo 3

Zorro sigue corriendo

ORTEGA dio un grito de ruda alegría cuando vio al Zorro lanzado por encima de la cabeza de su caballo y que luego rodaba por el suelo.

Pero ya el Zorro lograba reincorporarse y llevaba la mano a su espada. Era demasiado tarde. Ortega lanzó su lazo, cuyo nudo se enrolló zumbando alrededor de nuestro héroe y se cerró de un solo golpe. Con los brazos pegados al cuerpo por la cuerda, el Zorro era ya incapaz de actuar. Esta vez era verdaderamente prisionero del capitán Ortega.

Un grito de estupor se escapó de todos los pechos. Los soldados manifestaban su alegría frente a la captura y lanzaron un ruidoso hurra para celebrar el valor de su capitán.

Ortega corrió hasta su caballo tirando del Zorro y montó. Aguijoneó los flancos del animal y cruzó la plaza en toda su extensión con un aire triunfante.

De un solo golpe, el Zorro fue derribado y arrastrado por la plaza en medio de una nube de polvo.

El orgulloso capitán, embriagado por su éxito, recorrió la plaza una vez más. Luego se internó por una calleja que conducía al campo, mientras que el cuerpo de su enemigo mortal, tirado por el caballo, rebotaba duramente en las piedras.

Tornado, el caballo del Zorro, había conseguido incorporarse. Relinchaba y buscaba en vano un paso por donde escapar.

Los soldados hicieron círculo alrededor del animal y cuando éste, enloquecido, quiso romper el cerco que lo rodeaba, al menos seis lazos se arrojaron al mismo tiempo y pudieron paralizarlo.

Ortega galopaba ahora por la llanura que se extendía en los alrededores de la villa. Se volvía a veces para disfrutar del espectáculo de su enemigo vencido.

Finalmente, juzgó que el paseo había durado bastante y que era preciso volver a la villa. Detuvo su caballo y tiró con más fuerza del lazo para impedir que el Zorro se deshiciera del nudo corredizo. Luego hizo dar media vuelta a su montura.

En menos de un segundo, el Zorro vio que se le ofrecía una oportunidad inesperada. Dio gracias

al Cielo de que su enemigo fuese tan poco inteligente.

En el sitio en que Ortega hizo volver grupas a su caballo había un pozo. Zorro se dejó rodar por la arena blanda y su cuerpo fue a dar contra la pared del pozo. Ortega no sospechaba de nada. En su prisa por volver a la villa, no volvió siquiera la cabeza. Dio espuelas y su caballo salió a todo correr. Se tensó el lazo y el Zorro creyó que su cuerpo se estrellaría contra el pozo. Reunió todas sus fuerzas y se afianzó en la pared.

Ortega tuvo la impresión de que el cielo caía sobre su cabeza. Su caballo, lanzado a la carrera, dio una espantada, mientras que el lazo bruscamente tensado arrancaba silla y caballero de la montura.

En un instante Ortega dio vueltas en el aire como un pelele desarticulado; luego se derrumbó sobre el suelo con un ruido seco, mientras su caballo escapaba. El animal acabó por detenerse y paró las orejas. Luego volvió hacia su amo con paso indolente.

Ortega se había incorporado y sostenía el sable en su mano. El Zorro, libre del lazo, desenvainó su espada y corrió hacia su enemigo. Entrechocaron las hojas de acero. Se entabló un duelo salvaje. El Zorro esquivaba diestramente los ataques y respondía con la rapidez del relámpago. De repente hizo saltar el sable de manos del capitán.

Despavorido, Ortega retrocedió temblando, en

un desesperado esfuerzo por escapar al acero fulminante de la espada del Zorro. Tropezó y cayó de espaldas al suelo.

El Zorro aprovechó de inmediato la ocasión: corrió a toda velocidad hacia el caballo sin aparejo de Ortega.

El Zorro pareció volar literalmente por los aires: de un salto, montó en el lomo del animal asustado que, sin más, se echó a galopar como poseído.

Era el momento justo, porque los soldados a caballo llegaban conducidos por el grueso García.

Ortega se incorporó, medio muerto de miedo. Se sacudió el polvo del precioso uniforme y comenzó a palpar sus heridas y sus chichones con un dedo prudente. Se ahogaba de rabia y le rechinaban los dientes: la silueta del Zorro ya no era más que un punto en el horizonte.

García observó a su capitán con actitud curiosa. Le pareció que Ortega estaba haciendo un pobre papel y creyó justo darle algunas palabras de aliento.

No sin orgullo, declaró:

—Mi capitán, tengo una buena noticia que comunicarle. Hemos capturado el caballo del zorro —y luego, mirando a su alrededor, preguntó—: ¡Pero, mi capitán, no veo al Zorro! ¿Dónde lo ha escondido?

Ortega rugió furioso:

—¡Se ha escapado, pedazo de idiota!

García sonrió con todos sus dientes:

—¿Qué me dice? ¡Qué duro de pelar el hombre, vaya! ¡Qué extraordinario! ¿No, mi capitán?

El capitán Ortega se sofocó casi de rabia y rugió como un animal feroz:

—¡Haría mejor en ayudarme!

—¡En seguida, mi capitán! —respondió García, siempre dispuesto a ser útil.

Aunque le costó mucho pasar la pierna por encima del lomo de su caballo, lo logró después de grandes esfuerzos y se dejó deslizar a tierra.

Ortega puso el pie en el estribo y montó a horcajadas en el caballo del sargento. Gritó una orden y, seguido de los demás soldados, retomó el camino hacia la villa.

García se quedó solo atrás. Miró partir a sus compañeros y pronto no vio más que una nube de polvo en la lejanía. ¡Abrió los brazos con un gesto de impotencia diciéndose que el paseo sería largo...!

Tornado estaba allí, fuertemente atado a una estaca frente al despacho del capitán Ortega, cuando García, agotado, llegó al fin sudando y titubeante. Llevaba sus botas al hombro de tanto como le dolían los pies y andaba con sus calcetines agujereados.

Se encontró con el cabo Reyes frente al gran portal del cuartel. El cabo se abandonó a la meditación al ver el grueso pulgar del pie, negro de polvo, del sargento García.

—¿De paseo, sargento? —preguntó.

García asintió con la cabeza, gruñó y se enjugó la frente.

—¡Estoy tan cansado que ya no me sostengo en mis piernas! —le dijo a Reyes.

—¡Siéntese, pues! —aconsejó el cabo.

García sacudió tristemente la cabeza:

—Estoy demasiado cansado para ir a sentarme.

Y con los ojos lagrimeantes, miraba sus pies negros de mugre y decía con un tono lastimoso:

—¡Ah, mis pobres piececitos! ¡Felizmente, casi habéis llegado! Sólo os quedan unos pocos metros por recorrer.

Miró a Reyes con ojos suplicantes y dijo:

—¿Tendría la bondad de ir a buscarme un cubo de agua, cabo? Será maravilloso poder sumergir un momento mis pies en el agua fresca.

—Yo también estoy muy cansado —respondió Reyes despiadadamente.

Se dirigieron hacia el cuarto de García y, de una manera que no dejaba ninguna duda sobre su ánimo, el sargento se dejó caer en un sillón. Suspiró de gusto, bajó el mentón y cerró los ojos como para dormirse.

Reyes salió del cuarto de puntillas, muy decidido a no cargar con el agua para los pies de su sargento estando él mismo tan cansado como estaba. Solo en el cuarto, con los párpados bajos, García ordenó:

—¡Vaya a buscarme ese cubo de agua, Reyes! ¡Es una orden!

Tornado estaba atado justo enfrente de la ventana de García. El semental paró las orejas cuando oyó de nuevo la voz irritada del sargento:

—Reyes, ¿me oye? ¡Vaya a buscarme ese cubo de agua o le costará caro!

Se hubiera dicho que *Tornado* reía. Levantó su labio superior y descubrió sus grandes dientes amarillos. Luego comenzó a cortar la cuerda que lo sujetaba.

—¡El agua, Reyes! —refunfuñaba García muerto de cansancio.

Tornado sacudió la cabeza y miró a su alrededor. Era un caballo bien amaestrado: su amo le había enseñado varias pruebas de habilidad. Vio un cubo de agua, se acercó y aferró delicadamente el asa del cubo entre los dientes. Con pasos lentos, avanzó luego hasta la puerta de García, la abrió suavemente mediante una presión de sus ollares y depositó sin ruido el cubo al lado del sargento.

La voz satisfecha de García llegó a los oídos del caballo:

—¡Le ha llevado tiempo, Reyes! ¡Gracias de todos modos!

El sargento sumergió sus pies en el agua fría y suspiró de felicidad. Con los ojos siempre cerrados, seguía hablándose a sí mismo en voz alta:

—Me quedaré cien años en esta posición. ¡Caramba! Estoy tieso como una estaca.

Tornado miraba de soslayo al sargento y, siendo como era dulce por naturaleza, no pudo resistirse a rozar con sus ollares de terciopelo la nuca de García.

—¡Oh, qué delicioso! —murmuró García—. Francamente me hace mucho bien, Reyes. ¡Fróteme también el otro lado, por favor!

Y el hocico aterciopelado de *Tornado* iba y venía dulcemente por el cuello del bueno de García.

—¡Tiene usted unas manos francamente muy suaves, cabo! —continuó García.

Fue entonces cuando *Tornado* dio una hocicada tan brusca en la espalda del sargento que casi acabó arrojado fuera del sillón.

—¡Vamos, Reyes, no exagere! —protestó García—. ¡No tan fuerte, por favor!

Por toda respuesta, *Tornado* soltó un relincho formidable que hizo saltar a García del sillón. Como tenía los pies en el agua, trastabilló y acabó en el suelo, sentado en medio de un charco, tal como un enorme pez en una bañera casi vacía.

Se incorporó blasfemando y buscó con los ojos a Reyes, que había desaparecido hacía un buen rato. Su ropa mojada se le pegaba al cuerpo y creyó que iba a ponerse a llorar.

¡Qué jornada nefasta! ¡El mundo entero quería su perdición! Habría estrangulado fríamente al primero que apareciese. ¡Reyes! ¡Ortega! ¡El Zorro! ¡Ah, qué desdichado era!

Por toda la villa los soldados habían fijado carteles que anunciaban en grandes letras rojas la captura de *Tornado* y su venta en pública subasta.

Los habitantes de la villa, siempre en busca de nuevas sensaciones, leían con agrado los carteles. La noticia corrió como un reguero de pólvora.

Los comentarios iban en aumento. ¡El caballo del Zorro! ¿Quién sería el imprudente que osase comprarlo? ¿Quién sería tan loco como para atraer sobre sí la cólera del justiciero?

En cuanto al semental negro, objeto de esta agitación, se había dejado sujetar de nuevo sin oponer resistencia. Lo habían encerrado en un recinto vallado por estacas de madera y ramajes. Una multitud de curiosos formaba círculo alrededor del lugar. Todos querían ver de cerca al célebre caballo del Zorro.

García estaba entre los espectadores. De un lado se encontraba el cabo Reyes; del otro Bernardo, el criado de Diego.

—¡Un hermoso caballo! —suspiró García—. ¡Un caballo que me gustaría montar!

Sin que se notara que había oído las palabras del sargento, Bernardo volvió rápidamente la cabeza, se abrió camino entre la multitud y desapareció.

Diego había llegado a su cuarto en la posada. Se había elevado por el canalón hasta su ventana, que daba al patio y que había tenido el cuidado de dejar entreabierta.

Diego se quitó rápidamente sus hábitos negros y se puso el elegante traje de joven rico y ocioso. Unos minutos más tarde, el Zorro ya no existía.

¡En su lugar, apareció un joven señor vestido con elegancia!

En ese instante se oyeron tres golpes a la puerta de la habitación. Con un rápido movimiento del pie, Diego hizo deslizar su disfraz bajo la cama. Avanzó hasta la puerta y abrió. Respiró aliviado cuando vio la cara redonda y sonriente de Bernardo.

—¡Al fin de vuelta! —dijo con un suspiro—. ¿Dónde has estado todo este tiempo?

Bernardo cruzó la habitación, pegó su mano a la oreja, abrió muy grandes sus ojos y sonrió. Diego sacudió la cabeza y dijo:

—¡Comprendo! ¡Te has paseado por la villa y has abierto los ojos y parado la oreja! Eso es lo que quieres decir, ¿no?

Bernardo asintió con la cabeza y simuló el galope de un caballo dando unas breves vueltas por la habitación.

—¿Un caballo?

Bernardo sacudió la cabeza y dio una vuelta más.

—¡Ah! —repuso Diego—. ¡Un caballo en un corral! Eso es lo que estás diciendo ahora, ¿no, Bernardo? ¿Se trata acaso de mi caballo?

Bernardo asintió enérgicamente, alegre de que Diego lo hubiese comprendido tan rápido.

—¿Y qué le pasará a *Tornado?* —preguntó Diego.

Bernardo se preguntó un instante cómo se haría comprender. Cogió la mano de su amo y le dio un leve golpe. Luego levantó la mano y le hizo una señal a Diego para que él también golpease. Diego lo miraba atónito y dijo con un tono algo molesto:

—¡No es momento de jugar, Bernardo!

Bernardo suspiró y reanudó su juego de manos. De repente se hizo la luz en la mente de Diego y comprendió lo que la gesticulación de su criado quería decir.

—¡Estás jugando a darse palmadas! —exclamó Diego—. ¡Quieres decir que van a subastar a *Tornado!*

Viendo que al fin su amo lo había comprendido, Bernardo aplaudió saltando de alegría.

Diego se puso a pensar rápidamente y dijo:

—¡Vuelve a la plaza, Bernardo, y sigue abriendo bien los ojos! —y añadió—: ¡Pero atención! ¡Que nadie se entere que tus oídos lo oyen todo!

El criado esbozó una amplia sonrisa, hizo algunas muecas más, salió del cuarto con su andar suelto y cerró suavemente la puerta detrás de sí.

Mientras tanto, el capitán Ortega pasaba un mal rato entre las paredes de su despacho. El alcalde estaba sentado, con el ceño fruncido, frente al capitán. La irritación de Galindo desde la huida del Zorro había ido en aumento. No la ocultaba ante Ortega y lo amenazaba abiertamente con presentarle un informe al Águila.

Ortega recorría el estrecho despacho a grandes pasos, como un oso en una jaula. Desesperado, exclamó:

—¡No sirve de nada sacar a relucir todo el tiempo mis errores, Galindo! Mis heridas me hacen sufrir bastante. ¡Lejos estoy de olvidar a ese Zorro, os lo juro!

El alcalde respondió con un tono sarcástico:

—Siempre busca nuevas excusas, capitán. Hace varias semanas que me promete capturar al Zorro, vivo o muerto. ¡Y es él quien todas las veces lo pone en ridículo a usted! ¡Vaya! ¡Ese nuevo plan, por ejemplo! ¿Cree seriamente que el Zorro va a correr el riesgo de asistir a la venta de su caballo? ¡Vamos, capitán, sea razonable! ¡No hay hombre que quiera a su caballo hasta el punto de arriesgar su vida por él!

Ortega volvió la espalda, no sabiendo qué decir.

—¡Si él mismo no viene, estoy seguro de que enviará a un amigo para que intente comprar ese caballo! —exclamó—. El Zorro tiene mucho apego a *Tornado* y buscará recuperarlo por todos los medios. En cuanto un comprador se presente, mis soldados lo detendrán y sabremos hacerle decir la verdad.

Ortega se dirigió hacia la puerta, la abrió violentamente y llamó:

—¡Roberto!

El hombre apareció en el umbral. ¡Era el que había interpretado el papel del falso Zorro en la jaula! Sonreía malignamente y sostenía en su mano un grueso látigo de cuero trenzado.

Ortega le preguntó, con tono altanero:

—¿Todos los hombres están en su puesto?

Roberto sacudió la cabeza:

—Sí, mi capitán. ¡Cada uno está en su puesto y cumplirá con su deber!

El oficial pareció satisfecho y miró al alcalde para ver si apreciaba el modo con que él, el capitán

Ortega, sabía manejar a sus hombres. Pero Galindo había vuelto la cabeza hacia la ventana. Se mantenía sentado allí, aburrido, con los brazos cruzados.

Ortega tosió dándose aires de importancia y prosiguió rápidamente:

—¡Escúcheme bien, Roberto! Toda la villa estará en pie y, entre la gente, sin duda se encontrará un amigo del Zorro. Es nuestra oportunidad de capturar al bandido. ¡Dígale al sargento García que él se encargará de la venta del caballo! ¡No pierda tiempo en explicarle en detalle qué significa todo esto! No haría más que desorientarlo y entonces sería capaz de estropearlo todo.

Roberto soltó una risa cruel que descubrió sus dientes de lobo y dijo:

—Este látigo traerá más fácilmente al Zorro a nuestras garras. ¡Unos golpes bien dados en el lomo de su querido caballo y lo tendremos con nosotros!

Dicho esto, el ciego subordinado de Ortega hizo restallar el látigo.

Ortega le cortó la palabra con un gesto colérico y exclamó:

—¡Le he dado órdenes! Exijo que las respete. ¡Y ahora, desaparezca!

Roberto dio media vuelta y desapareció.

Diego bajó la escalera del albergue bostezando, a fin de dar la impresión de que acababa de hacer la siesta. Todas las personas del pueblo dormían al menos dos horas después de comer, a causa del calor. Y Diego respetaba los buenos usos.

Estaba vestido con esmero y parecía, bajo todos los aspectos, una persona ociosa, perezosa e inútil. Nadie en la posada habría imaginado un solo instante que este desocupado, este poltrón conocido por todos bajo el nombre de Diego de la Vega, no era otro que el Zorro, el defensor de los débiles y de los oprimidos.

Alcanzados los últimos escalones, Diego se topó con el sargento García, que estaba fijando un cartel donde se anunciaba la puesta en venta de *Tornado,* el semental negro del Zorro.

—¡Ah, don Diego! —exclamó García—. ¡Qué buena sorpresa encontrarlo aquí!

—Sargento —respondió cortésmente Diego—, el placer es mío. ¡Hace tiempo que espero la ocasión de invitarlo a beber algo!

García pareció halagado e interrumpió un momento su trabajo. Diego hizo una señal a la muchacha que estaba detrás de la barra y le dijo:

—¡Niña, tráenos dos tazas de té a nuestra mesa!

Los ojos de García adoptaron una expresión trágica. Según él, el té era un veneno violento, o al menos un brebaje que sólo debía tomarse por prescripción médica. Enloquecido por la idea de verse obligado a beber ese mejunje, se colocó detrás de Diego y se puso a hacer todo tipo de gestos a la chica para que le sirviese una bebida más fuerte, un coñac por ejemplo.

Luego siguió trotando a Diego, que se dirigía hacia una mesita al fondo de la sala. Conmovido por la idea de que acababa de escapar al suplicio del té, García se sentó resoplando y cruzó las manos sobre su enorme vientre. Luego le dijo a Diego:

—Acabo de encontrar en el umbral de la posada a su criado, ese desgraciado sordomudo que no se le despega nunca. Pensé, pues, que andaría cerca.

Diego lo miró con actitud perpleja. Frunció el ceño y respondió con asombro:

—No lo comprendo, sargento. Hace menos de un minuto parecía sorprendido de verme. Y ahora me dice que pensaba encontrarme aquí. ¡No creo, sargento García, que sus ideas sean muy coherentes! ¡Pero basta de palabrería! Se le ve muy nervioso, querido amigo. ¿Qué ocurre? ¿Tiene dificultades?

—¡Ninguna! —respondió García con un tono poco convincente, y luego, bajando los ojos, preguntó en voz baja—: ¿Cómo sabe que tengo dificultades?

Diego se echó a reír con ganas y exclamó:

—Mi querido García, su rostro es para mí un libro abierto. Leo cada pensamiento que se le cruza en la cabeza.

García no salía de su asombro.

—¿Puede hacerlo realmente? —preguntó, y, mirando a Diego con aire taimado, añadió adoptando la actitud de quien medita profundamente—: ¿Qué estoy pensando ahora?

—¡Nada en absoluto! —respondió Diego.

García levantó la cabeza, estupefacto.

—Es fantástico —dijo—. ¿Cómo lo ha adivinado?

—Es muy sencillo —respondió Diego amablemente—. Fíjese cómo procedo: evalúo simplemente cuánto cerebro posee alguien en su cráneo, calculo cuántas veces por año hace funcionar sus meninges y obtengo la respuesta. ¡Un juego de niños, vaya!

García miraba a Diego con expresión dubitativa. Le parecía muy complicada la manera como Diego explicaba todo aquello. La muchacha se acercó a servir el té a Diego y la cerveza a García.

—¡Créame si quiere —dijo García—, pero estoy pensando!

—¡No es posible! —dijo Diego sorprendido.

García adoptó una actitud modesta y bebió un trago de cerveza. Depositando su jarra en la mesa, dijo:

—¡Sí¡ ¡Vaya! Me decía, por ejemplo, qué magnífico sería poder comprar ese caballo.

—¿Qué caballo, sargento? —preguntó Diego.

—¡*Tornado,* el caballo del Zorro, naturalmente! —respondió García apuntando el índice hacia el cartel que acababa de fijar en la pared de la taberna.

Diego demostraba cada vez mayor interés en lo que decía el sargento.

—¿Piensa verdaderamente lo que dice, García? ¿Por qué diablos sería magnífico?

García lo miró:

—¡Cómo! ¿No comprende? ¡Cada vez que el Zorro se escapa y debo perseguirlo, resulta imposible atraparlo! ¿Por qué? ¡Sin duda, es buen caballero, pero yo monto a caballo tan bien como él! ¿Será a causa de su valor? Claro, el Zorro no es un cobarde. Pero yo, ¿soy acaso un poltrón?

Diego sacudió la cabeza convencido.

—¡Claro que no! —dijo.

García se inclinó con gratitud y bebió el resto de su cerveza.

Se acercó confidencialmente a Diego, hasta donde se lo permitía su vientre voluminoso, y dijo:

—Si siempre se me escapa, sencillamente se

debe a que su caballo es más rápido que el mío. ¡He ahí todo el secreto! ¡Supongamos ahora que compro ese caballo! ¡Podré capturar al Zorro y me tocará la recompensa!

Diego abrió admirativamente sus ojos y declaró:

—¡Mi enhorabuena, García! ¡Muy bien pensado!

García sonrió con actitud de modestia y miró su jarra vacía.

—¡No vale de nada! —dijo.

—¡Sí! —replicó Diego—. ¡Está muy bien pensado!

García se puso a toser:

—¡Quiero decir... la cerveza! ¡Un vaso así, no vale de nada! ¡Ya no hay más!

Diego se burló:

—¿Por qué no lo paga?

—¿Otro vaso de cerveza? —preguntó García.

—¡No! ¡El caballo! —respondió Diego—. ¿Por qué ese caballo no sería para usted, sargento?

García lo miró con expresión incrédula.

—¿Yo? —dijo sorprendido—. ¿Comprar ese caballo? ¿Dónde conseguiré el dinero?

Diego adoptó una actitud de pesar:

—¡García, por favor, me sorprende! ¿No soy yo su amigo?

El sargento asintió, pero no sin reserva.

—¿Y los amigos no sirven para prestar dinero en caso de necesidad?

—Sí, pero...

Diego sacó su talego y lo echó con gesto amplio sobre la mesa.

—García, amigo mío, exijo que acepte este dinero. Se lo presto de buena gana, para que realice su deseo. ¡Y si se niega... será el fin de una hermosa amistad!

García se mordía nerviosamente las uñas y miraba con codicia el talego colocado en la mesa. Torció sus ojos excitado y dijo:

—¡Si lo toma así, don Diego, no puedo negarme!

—¿Cuánto le hace falta, sargento?

García puso en orden sus ideas. Finalmente dijo vacilante:

—Pienso que... quinientos pesos... serán suficientes. Porque pocas personas se atreverán, yo creo, a hacer una oferta por ese caballo. Les dará mucho miedo la cólera del Zorro.

Diego contó el dinero sobre la mesa y dijo con respeto:

—¡Me parece que usted no le teme a nada, sargento!

García quiso sacar pecho, pero apenas logró hinchar aún más su gruesa tripa. Dijo sonriendo:

—Jamás tengo miedo, don Diego. ¡A lo sumo yo soy bastante... prudente!

Con un gesto rápido de la mano. García deslizó hacia él las monedas de oro desparramadas sobre la mesa. Se levantó e hizo una reverencia que se pretendía graciosa, pero que le volvió aún más ridículo.

—¡Mil gracias, señor Diego! —balbució—. Haga el favor de disculparme ahora. No puedo quedarme más tiempo.

—¡Claro! —respondió Diego—. ¡Comprendo muy bien que un hombre de su importancia no pueda pasar todo el día en la posada! ¡Adiós, amigo García!

García salió de la posada sin hacerse notar, seguido por los ojos de Diego, que sonreía maliciosamente. Diego se levantó y se estiró para desentumecer sus miembros. Hizo sonar algunas monedas sobre la mesa y se fue.

Una vez fuera de la posada, García se puso a contar de nuevo el dinero recibido de Diego. Lamentablemente, se topó cara a cara con Ortega. Se apresuró a meter el dinero en su bolsillo. El capitán temblaba de furia.

—¡Me lo figuraba! Sabía que seguía entreteniéndose en la posada. ¡Vamos! ¡Dese prisa! Hay que comenzar la venta de ese caballo inmediatamente. ¡Deprisa! ¡Adelante!

—¡Ya voy! ¡Ya voy, mi capitán! —respondió García con voz nerviosa.

Y, con paso indolente, se fue.

Capítulo 4

Un caballo carísimo

ORTEGA suspiró al ver alejarse al sargento y masculló:

—¡No hay más que idiotas en esta villa!

Una voz sonora le hizo sobresaltar:

—¡Parece muy sombrío, capitán! ¡Sin embargo, está rodeado de soldados inteligentes y valerosos!

Ortega, sorprendido por Diego, observó detenidamente la silueta esbelta del joven y dijo:

—Le aconsejo que vaya por la sombra, don Diego. ¡El sol podría estropear su piel delicada! Hay que ser fuerte para soportar este calor. ¡Y usted no parece tener una naturaleza tal como para resistir semejante sol!

Aparentemente herido en lo vivo, pero resignado, Diego se encogió de hombros en un gesto de impotencia: parecía tener vergüenza de ser tan débil. Adoptó una actitud modesta para responder:

—¿Nunca, pues, hay que correr riesgos, capitán?

Luego, mirando a su alrededor, preguntó:

—Pero, ¿qué significa toda esta agitación hoy en la villa?

Ortega se dio aires de inspirado y se puso a acariciar la empuñadura del sable que colgaba de su cintura.

—El caballo del Zorro debe ser vendido de inmediato en la plaza pública —dijo.

—¡Vaya, vaya! —repuso simplemente Diego.

Ortega se dio prisa en añadir:

—¡Sin duda no es un caballo para un pobre caballero como usted!

Se pavoneó y soltó una risa satisfecha, creyendo haber humillado al joven. Diego asintió y se echó a reír con él.

—En efecto —dijo con una voz de terciopelo—, debe de ser un animal muy fogoso. ¡No obstante, me gustaría asistir a la venta!

—Que no quede por eso —respondió Ortega, invitando a Diego con el gesto—. ¡Venga, pues, conmigo!

Y se dirigieron juntos hacia el sitio en que Tornado esperaba pacientemente a su nuevo dueño.

Allí los comentarios crecían. Todos se preguntaban quién iba a comprar ese caballo.

Todos, menos uno. García estaba en conversación animada con el cabo Reyes, a quien había guiado hacia un rincón tranquilo. Había decidido que Reyes le ayudaría a entrar en posesión del caballo tan codiciado.

En efecto, como se encargaría de la subasta, García no podía ser comprador. Le hacía falta,

pues, un hombre de paja. Y Reyes le parecía muy indicado para ese papel.

—¡Pujar por un caballo es exactamente como jugar a los naipes! —le explicó a Reyes.

García sonrió y se armó de paciencia:

—¡Es tan simple, querido Reyes, tan simple que yo mismo lo comprendo! ¿Está claro?

—¡No! —dijo Reyes con expresión de desdicha.

El sargento se rascó la coronilla y se preguntó cómo hacer entrar su plan en la cabeza de borrico que tenía enfrente.

—¡Supongamos, por ejemplo —dijo al cabo, que lo escuchaba atentamente—, que un interesado dice «Cien pesos»!

—¡Es mucho dinero! —dijo Reyes.

García se irritaba.

—¡Entonces usted debe decir «ciento uno»!

—¿Por qué debo decir eso?

—¡Cabeza de tarro! —rugió García—. ¡Porque *yo quiero* tener ese caballo!

—¡Bien! —dijo Reyes—. Entonces, ¿por qué debo comprarlo yo? ¡Cómprelo usted mismo! Ese caballo no me interesa.

Y dichas estas palabras, Reyes hizo ademán de devolverle a García el dinero que éste le había obligado a coger. García llevó sus manos a la espalda y se negó enérgicamente a recibirlo.

—¡Yo no puedo *comprarlo!* —dijo con insistencia—. Sería demasiado ridículo: yo soy justamente el que *vende* el caballo. ¿No lo comprende, imbécil?

Ahora, despabile y no lo olvide: cada vez que se haga una oferta por el caballo, usted ofrecerá más. No demasiado, pero lo suficiente para impedir que el otro interesado consiga el caballo.

García se fue. Reyes lanzó un profundo suspiro al ver el dinero que tenía en la mano. Estaba muy conforme de no ser un comerciante, sino un simple cabo. ¡Era al menos un oficio en el que no había que romperse la cabeza!

García entró en el recinto donde *Tornado* daba vueltas en redondo. Se trepó a una caja y contempló a la multitud congregada a sus pies. La gente levantaba la cabeza y García se sintió alguien importante. ¡Y todo ello gracias a su estatura!

—¡Damas y caballeros! —gritó—. Vamos a proceder a la venta de este magnífico caballo. La palabra la tiene el público.

Nadie articulaba palabra. García gritó, vacilante:

—¿No he oído anunciar por allí «cien pesos»?

—¡Ciento uno! —exclamó Reyes, muy contento de haber comprendido el truco.

García lanzó una mirada venenosa al cabo. Carraspeó y gritó amablemente:

—¡Un interesado ofrece ciento un pesos! ¿Quién da más? ¿Quién dice doscientos?

—¡Doscientos uno! —gritó Reyes con el rostro radiante.

García apretó los puños. Un poco más y habría bajado de su tarima improvisada para ir a darle una buena paliza a ese imbécil de Reyes. Pero se limitó a sonreír cortésmente al cabo y prosiguió:

—Un gran amigo de los animales acaba de ofrecer doscientos un pesos. ¿Quién dice tres...?

Vaciló un instante y se apresuró a rectificar:

—¿Quién dice doscientos dos?

—¡Doscientos tres! —fue la respuesta inmediata de Reyes.

El sargento García estaba rojo de cólera y todo el mundo creyó que iba a estallar.

—¡Me ofrecen doscientos tres pesos! —exclamó loco de rabia.

Reyes sacudió la cabeza.

—¡Doscientos cuatro! —pujó.

García, desesperado, se mesaba los bigotes y lanzaba miradas enloquecidas a la redonda.

—¿No hay ningún otro entre vosotros que compre este magnífico caballo?

Todos se callaban, y García recorrió a una pequeña estratagema para desalentar a un imprudente eventual. Gritó, provocando:

—¡Sin duda tenéis todos miedo de que el Zorro se vengue y venga a recuperar su caballo por la fuerza!

Estas palabras, en efecto, parecieron haber dado en el blanco. Entre los espectadores había personas de toda condición: señores, grandes granjeros, simples campesinos. Pero todos estaban mudos como una tumba.

Diego recorrió la reunión con la mirada y se preguntó con inquietud si alguien tendría el valor de comprar el caballo del Zorro. Sus rasgos estaban crispados y Ortega reparó en ello. El capitán le dio una palmada en la espalda y dijo con actitud protectora:

—¡Parece que este caballo le interesa, don Diego! ¿Por qué no hace una oferta?

Diego lo miró.

—¡Sin duda es un animal magnífico! —respondió—. Pero ya sabe que nosotros mismos vendemos caballos en nuestro rancho. ¡Ya es bastante triste que debamos vender muchos caballos con el único fin de pagar los enormes impuestos que usted exige, capitán!

El rostro de Ortega se puso tenso.

—¡La administración de la región cuesta mucho dinero, don Diego! Los impuestos serán aumentados muy pronto, lamento decirle.

Ortega volvió la cabeza hacia García, que sudaba la gota gorda encima de su caja y gritaba a la multitud:

—Si no hay otro interesado por este caballo... ¡Uno... dos... tres...! ¡Vendido al cabo por doscientos cuatro pesos!

—¡Doscientos cinco! —soltó el cabo muy orgulloso.

García aspiró una bocanada de aire y repitió:

—¿Más interesados? El caballo se vende al cabo por...

Se calló de repente, bajó precipitadamente de la caja y corrió hacia Reyes, de miedo de que éste continuase el juego de forma indefinida.

Diego esbozó divertido una sonrisa y le dijo a Ortega:

—¡Sus hombres son valerosos, capitán! ¡Sólo su cabo se ha atrevido a hacer una oferta por el caballo del Zorro!

—¿Valerosos? —exclamó Ortega—. ¡Es un loco, un imbécil, un inútil!

Dichas estas palabras, se alejó a grandes zancadas, seguido por la sonrisa burlona de Diego.

Alguien tiró a Diego de la manga. Al volverse, el joven vio a Bernardo que le miraba con su cara de perro fiel y que le hizo un guiño cómplice.

Mezclados con las personas que volvían a su casa, ellos abandonaron la plaza.

García y Reyes se habían quedado solos en la plaza vacía y la primera palabra del sargento, cuando tuvo a Reyes enfrente, fue:

—¡Imbécil!

Reyes lo miró con la boca abierta y luego farfulló:

—¿Qué, sargento? ¿Es que he hecho algo mal?

—¡Todo! —gritó una voz en su oído, y Reyes dio un salto del miedo que le dio—. ¡Ha hecho todo mal! —añadió Ortega furioso—. La venta de ese caballo era una trampa tendida al Zorro. ¡Lo ha echado todo a perder, tontainas! ¡Roberto!

Roberto, el fiel subordinado de Ortega, acudió en seguida, con su látigo en la mano. El rostro de Ortega, por lo común poco simpático, estaba morado de cólera. El capitán declaró con una voz cortante:

—La venta ha terminado. ¡Todo se ha estropeado por culpa de estos zotes! ¡Coja el caballo del Zorro y llévelo al establo, Roberto!

Roberto hizo sonar el látigo y García dio un salto hacia un lado. Sus piernas temblaban. Rogó al cielo que nunca Ortega tuviese la idea de hacer sonar su látigo en la espalda de un tal García.

Roberto miró al capitán, con sus ojos aviesos

semicerrados, y dijo lentamente, afirmándose en las palabras:

—¡Creo que tengo una idea mejor, mi capitán!

No creía que hubiese otro que como él tuviera alguna idea de vez en cuando.

—¡Sí! —dijo Roberto con expresión de picardía—. ¿Por qué no dejar esta noche al caballo en el recinto? Hay muchas posibilidades de que el Zorro se valga de la noche para intentar recuperar su caballo. ¿No es también su opinión, mi capitán?

Ortega meditó un instante, luego sacudió pensativamente la cabeza y palmeó la espalda de Roberto en señal de estima. Se volvió hacia García y Reyes y les dijo brutalmente:

—¡Por lo que se ve, no hay más que zopencos a mi alrededor! ¡Si ustedes dos fueran como Roberto! ¡Ése sí que es un hombre!

García no quiso responder. ¡Pero en su corazón él estaba orgulloso de ser García y no Roberto!

Capítulo 5

¡*Tornado* es libre!

S E hacía de noche y todo estaba en calma. ¡Ni un alma en las calles de la villa! Ni un ruido. Sólo el grito estridente de un grillo y los gemidos suaves y lastimeros de *Tornado* turbaban a veces el silencio.

El animal se mantenía junto al cercado e intentaba en vano alcanzar un haz de heno que estaba fuera del corral. Unas antorchas humeantes, fijadas a estacas, iluminaban el recinto donde se encontraba el semental cautivo. El resto del lugar estaba sumido en una oscuridad total.

Una calma absoluta había reemplazado la agitación de la jornada. ¡No había alma viviente! ¡Sin embargo, sí! ¡Había allí un hombre, que se acercaba sin ruido!

Tornado paró la oreja y relinchó de nuevo suavemente. Saliendo de la sombra, una pequeña silueta se acercó al recinto y la luz de las llamas danzó pronto sobre la figura cómica de Bernardo. El criado se llevó un dedo a la boca y se habría dicho que el semental comprendía ese lenguaje.

El caballo ya no se movió. Sus esfuerzos por alcanzar el haz de heno no habían escapado a Bernardo. El criado de Diego consideró que estos esfuerzos merecían una recompensa. Con el pie, empujó el heno hacia *Tornado* por debajo del recinto.

En ese instante, el silbido de un látigo desgarró el silencio. De repente los tobillos de Bernardo quedaron presos como entre dos mandíbulas de hierro y fue derribado mediante un tirón del látigo que le paralizaba los pies.

Intentó en vano incorporarse y vio salir de la sombra a una silueta amenazante. ¡Era Roberto! Un rictus cruel dominaba su rostro. Sostenía el látigo con las dos manos y se servía de ellas para atraer lentamente hacia sí a su víctima cautiva.

Se agachó, cogió a Bernardo por la solapa de su chaqueta y, con no poca violencia, le hizo poner en pie. Con una voz cortante, preguntó al criado de Diego:

—¿Quién eres tú? ¿Qué haces aquí en plena noche?

Bernardo señaló sus orejas y sacudió la cabeza. Encogiendo los hombros, con los ojos desorbitados, miraba a su adversario. Roberto acarició el látigo con placer y dijo:

—¡Vaya, vaya! ¡El amigo no tiene ganas de estar de palique! ¡Pero yo, Roberto, sé cómo desatar la lengua a las personas calladitas de tu especie!

Restalló el látigo y le azotó a Bernardo el sombrero, que cayó al suelo.

—¿Vas a hablar? —bramó Roberto—. ¿Quién eres tú? ¿Qué haces aquí?

Bernardo había caído de rodillas y buscaba a tientas su sombrero. Alzó los ojos hacia Roberto, que se erguía ante él, con las piernas separadas, dispuesto a seguir golpeando. De nuevo Bernardo quiso explicarle mediante gestos que era mudo.

Pero el látigo restalló por tercera vez, lacerando el cuello de Bernardo. Comenzó a salirle sangre. Despavorido, Bernardo intentó esquivar el látigo andando a cuatro patas bajo el recinto cercado, entre las estacas. Pero Roberto no era hombre de soltar su presa. Pronto estuvo sobre Bernardo, en el interior del recinto, donde *Tornado* piafaba nerviosamente.

Roberto se arrojó sobre Bernardo y silbó entre dientes:

—¡Voy a hacerte hablar! ¿No serás amigo del Zorro? ¿Tal vez has venido aquí a robar su caballo?

Con una sonrisa cruel, levantó a Bernardo por el cuello y le hizo retroceder tambaleando. *Tornado* soltó un relincho sonoro y se encabritó.

Roberto hizo sonar su látigo. La correa de cuero flexible enganchó una de las antorchas que iluminaban el corral. La antorcha cayó al suelo y siguió encendida justo al lado de un manojo de paja.

El látigo alcanzó de nuevo a Bernardo. Un sonido ahogado salió de su garganta bajo el efecto del dolor. Pero Bernardo no podía gritar. Sin otro ruido, cayó al suelo, alzando sus ojos aterrorizados al verdugo.

Roberto blandía ya el látigo para un nuevo golpe. Para golpear mejor, lo lanzó primero hacia atrás. El cuero azotó los flancos del semental, que emitió un violento grito de dolor. Enloquecido, el animal retrocedió y se puso a piafar con sus cuatro patas.

La antorcha había encendido la madera del

recinto y de golpe brotó una gran llama, que hizo aumentar más aún el pánico del caballo.

Roberto, loco de rabia, se volvió hacia el caballo y le gritó:

—¡Ahora, animal asqueroso, te toca a ti! ¡Vamos, chúpate ésta!

Y su látigo cortó el aire e hirió los flancos de *Tornado*. Con los ojos fijos en el semental, el malvado ya no pensó en Bernardo, que aprovechó la

ocasión: sirviéndose de sus pies y de sus manos, se escurrió arrastrándose bajo el recinto y salió pitando.

Corrió como un bólido hasta la posada, adonde llegó con las piernas flojas, sucio y sin aliento. Diego, sentado a una mesa con un vaso, esperaba tranquilamente el regreso de su criado. Cuando le vio entrar en ese estado lamentable, se levantó de su asiento y aferró a Bernardo por los hombros. Por medio de signos que su amo comprendía perfectamente, Bernardo explicó que un hombre empedernido le había azotado y que ese mismo hombre martirizaba en ese momento al pobre *Tornado*.

En ese instante, el dolor del semental se hizo tan violento que sus gritos llegaron hasta la posada. Un silencio mortal se hizo en la sala. Todos, clientes y camareros, escucharon crispados. Diego y su criado estaban inmóviles como estatuas. De nuevo, el relincho quejumbroso del caballo hizo estremecer a los asistentes, y todos se encaminaron hacia la salida. El recinto en llamas producía destellos ofuscadores en los rostros. Alguien, excitado, exclamó:

—¡El corral se incendia!

A codazos, Diego se abrió paso entre la multitud, con Bernardo detrás.

Todos corrieron entonces hacia el corral. El sitio ardía ahora en tres de sus lados. El hombre y el caballo libraban una lucha a muerte. Enloquecido, *Tornado* se encabritaba para escapar del látigo.

Con las mandíbulas rígidas y los puños cerrados, Diego no pudo soportar ver por más tiempo
torturar a su caballo. La multitud lanzaba gritos de
pánico. Unos soldados hicieron retroceder a la
gente. Era un espectáculo infernal. Las llamas pro-
yectaban sombras semejantes a fantasmas.

Ya no pudiendo dominarse, Diego iba a avanzar cuando una mano firme lo retuvo y cortó su
impulso. Furioso, se volvió. Era Bernardo, que
acababa de impedirle traicionarse.

En el corral, el caballo se encontró finalmente
aprisionado entre la cerca en llamas y Roberto.
Diego ya no vaciló: dio media vuelta y corrió hacia
la posada.

Roberto hizo sonar su látigo en el cuerpo del
semental, que se encabritó. Bajo el resplandor de
las llamas se desarrolló entonces una escena horri-
ble: con su látigo por única arma, el hombre estaba
ahora forzado a defenderse de los asaltos del caballo. Los papeles se habían invertido bruscamente.
Roberto aulló de terror cuando vio que el caballo
se levantaba en toda su altura. Los cascos se agita-
ron por encima de su cabeza. El cuerpo del caballo
se abatió sobre él y le derribó. Un grito de horror
se elevó de la multitud cuando el animal, ebrio de
venganza, pisoteó a su verdugo.

Algunos soldados hicieron entonces prueba de
un verdadero valor: se deslizaron a través de las
estacas en llamas y arrastraron el cuerpo inerte de
su compañero fuera del recinto. Lo levantaron con

precaución y lo transportaron al interior de la posada, donde García, en el colmo del trastorno, lanzaba órdenes contradictorias que nadie escuchaba.

Fuera, los habitantes volvían en sí. Comenzaron a llevar cubos de agua para apagar el incendio. Una estaca en llamas se vino abajo y soltó una lluvia de chispas. *Tornado* lanzó relinchos nerviosos y buscó en vano una salida.

De golpe se detuvo y paró la oreja ante el sonido de una voz familiar.

—¡Tranquilo, *Tornado,* tranquilo!

El semental reconoció inmediatamente la voz, pero no sabía de dónde venía. Trotó a lo largo de la cerca, se detuvo y paró la oreja de nuevo. Luego, de repente, vio al Zorro de pie sobre el tejado de la posada.

Ante esta última se elevaba un gran mástil en el que flameaba una bandera durante la jornada. Sin vacilar, el Zorro se aferró a la cuerda que colgaba del mástil y, con un poderoso impulso, se arrojó al vacío. En medio de su vuelo, soltó la cuerda y, como si cayese del cielo, rodó en tierra en medio de los soldados despavoridos. Con un envión de sus caderas, se reincorporó y saltó al lomo de su caballo. Tiró de las crines e hizo girar al animal. Por fin, espoleándolo levemente, el Zorro hizo saltar a *Tornado* por encima de la cerca. En el lapso de un segundo, las llamas parecieron devorar al hombre y su caballo.

Los soldados gritaron de pánico. García llegó justo a tiempo para ver desaparecer al Zorro en la oscuridad de la noche.

—¿Hay que perseguirlo, sargento? —preguntó uno de los soldados.

García dijo que no con un gesto de la cabeza.

—¡Más valdría perseguir al viento! —dijo.

Su voz era casi alegre. E íntimamente García se alegró porque el Zorro, una vez más, había escapado a sus enemigos.

Capítulo 6

El Águila y la pluma

ESA noche la taberna estaba llena de gente. Nadie tenía ganas de ir a acostarse. El posadero ya no sabía qué hacer para complacer a sus clientes en cuestión de bebidas y alimentos.

En medio de la animación general, se comentaba la nueva hazaña del Zorro. Se levantaban los vasos, había sonrisas, se cuchicheaba: reinaba, en fin, todo un ambiente jubiloso en la posada.

Muertos de cansancio, algunos soldados estaban despatarrados en sus asientos, con la cara negra de hollín y sus espléndidos uniformes desgarrados y agujereados por las llamas.

Algunas cabezas se alzaron cuando un hombre bajó la escalera situada al fondo de la taberna. Se encogieron de hombros al ver a Diego de la Vega. Tenía el andar vacilante de un hombre que acaba de levantarse. ¡Bostezaba y se frotaba los ojos hinchados por el sueño! Bernardo bajaba la escalera siguiéndole los pasos.

¿Quién habría sospechado que este joven frágil era el audaz caballero que, poco antes, había librado al caballo del incendio, bajo la mirada sorprendida de los soldados? ¿Cómo imaginarse que era el Zorro en persona quien bajaba ahora por la escalera?

A mitad de su descenso, Diego se detuvo bruscamente. Le dio un leve codazo a su criado y, con una señal de la cabeza, le indicó la puerta de la posada.

Ortega, seguido del alcalde, acababa de entrar en la sala. Los ojos de Galindo centelleaban de cólera. Todos los presentes se callaron, con la mirada fija en los dos hombres.

Ortega le preguntó al posadero:

—Mis soldados han traído aquí el cuerpo de uno de mis hombres, ¿no es así?

El posadero meneó la cabeza secamente.

—¡Han desaparecido sus objetos personales de los bolsillos!

—¡No había gran cosa! —respondió el hombre detrás de la barra, encogiéndose de hombros.

Ortega tendió la mano y dijo con rudeza:

—¡Démelos!

El posadero se agachó y, sin mediar palabra, depositó algunos papeles y calderilla en la barra.

—¿Nada más? —chilló Ortega.

—¡Nada! A menos que... ¡Había algo más, pero el diablo me lleve si yo sé lo que eso quiere decir!

El posadero se agachó de nuevo bajo la barra y luego, sonriendo, depositó sobre ésta una pluma de águila.

—¡Una pluma! —dijo burlonamente—. ¿Qué podía hacer él con una pluma en el bolsillo, capitán?

El alcalde se enfrentó con el posadero:

—Sería mejor que no hiciera preguntas. ¿Comprendido?

Con un gesto rápido, atrajo hacia sí los objetos personales de Roberto y metió todo en sus bolsillos.

Sin añadir una palabra, volvieron las espaldas y se dirigieron hacia la salida, seguidos por los ojos de todos los presentes.

Diego y su criado se habían quedado inmóviles en la mitad de la escalera. Cuando Ortega y el alcalde hubieron salido, Diego susurró al oído de su criado:

—¿Has visto, Bernardo? De nuevo esa pluma misteriosa. Tenemos que saber qué significa. ¡En mi opinión, es la clave de un secreto importante, puedes creerme!

Bernardo miró a su amo un instante con expresión dubitativa y alzó los hombros. «¿Qué podía significar una vulgar pluma?», se preguntaba.

Diego bajó la escalera, seguido por Bernardo, que meneaba la cabeza pensativamente.

A primera hora de la mañana siguiente, el capitán Ortega entró en el despacho ricamente amueblado donde el señor Galindo, alcalde de Los Ángeles, pasaba la mayor parte de sus jornadas.

El alcalde respondió secamente al saludo de Ortega y dijo, sin preámbulos:

—¡Esta carta le va a interesar, Ortega! Acabo de recibirla por correo especial.

Ortega la miraba con expresión desconfiada.

—¿De quién... es esa carta?

Una sonrisa se dibujó en los labios del alcalde. No respondió en seguida, pero abrió un cajón de su escritorio. Luego, clavándole la vista, puso sobre la mesa una pluma de águila. El capitán se sobresaltó:

—¿Una más?

Galindo meneó la cabeza:

—¡Una más, sí! El Águila comienza sin duda a impacientarse, capitán. Me escribe que está muy descontento con su trabajo en Los Ángeles. Su tarea consiste ante todo en recoger la mayor cantidad de dinero posible, elevando los impuestos o por cualquier otro medio. Pero las cajas siguen vacías. Usted sólo sabe hacer una cosa: llenar la prisión de pobres diablos que no tienen un centavo. Mientras tanto, el único hombre al que el Águila quiere colgar sigue libre.

—¡Capturar al Zorro lleva tiempo! —suspiró Ortega.

El alcalde se rió burlonamente.

—¡No le queda mucho tiempo..., Fernández! Dentro de tres semanas, exactamente, debe llegar el barco de Monterrey. A bordo de este barco sin duda habrá personas que... que conocen muy bien al verdadero capitán. Lo desenmascararán como un vulgar impostor y un bandido. Le interesa, pues, hacer su trabajo lo más rápido posible. Cuando ese barco entre en el puerto, será demasiado tarde. ¡Deberá estar ya lejos de Los Ángeles..., señor Fernández!

—¡Maldición! —exclamó Ortega—. Todo iría mejor si ese maldito Zorro no se cruzase siempre en mi camino.

—¡Me importa un bledo el Zorro! —cortó el alcalde brutalmente—. ¡Escúcheme bien, Ortega! El Águila no quiere un nuevo fracaso. Si esta vez, estimado amigo, usted fracasa...

—¿Si fracaso...? —preguntó Ortega con una voz deformada por la angustia.

—¡El Águila no tendrá piedad! —dijo Galindo con mucho aspaviento—. Lo que le espera no será nada bueno, Ortega. ¡Nada bueno en absoluto!

Ortega se levantó exasperado y se dirigió hacia la puerta. Cuando estuvo en el umbral, el alcalde le llamó por su verdadero nombre, Fernández. Se volvió como si lo hubiese mordido un escorpión.

Galindo sonreía con expresión empalagosa. Repitió:

—Recuérdelo, capitán... ¡Queda muy poco tiempo!

Capítulo 7

La detención del señor Fortuna

E L mercado estaba en pleno apogeo en la plaza mayor de Los Ángeles. Un coche tirado por dos caballos negros llegó a la plaza. Diego llevaba las riendas; a su lado, Rosita, su amiga de la infancia, que acababa de llegar la víspera en un barco proveniente de Monterrey. En el interior del coche habían tomado asiento Bernardo y Amelia, la doncella de Rosita.

—¡Me ha gustado mucho este paseo con vosotros! —dijo Rosita.

Diego se inclinó cortésmente y ofreció su brazo para ayudar a Rosita a bajar del coche. A su vez, Bernardo quiso ayudar a Amelia: la sacó del coche tan delicadamente como un saco de patatas. Diego tuvo que hacer un esfuerzo para no echarse a reír. Rosita esbozó una sonrisa amable y dijo a su doncella:

—¡No lo olvides, Amelia! ¡Frutas y verduras sobre todo!

Amelia meneó la cabeza y partió balanceando con su mano la cesta de la compra. Bernardo comenzó a atusarse el pelo. Por fin, Rosita tomó del brazo a su amigo y juntos cruzaron la plaza y se dirigieron a los puestos del mercado.

De repente Diego se puso rígido. Intrigada, Rosita alzó sus ojos hacia él. Siguió su mirada y frunció el ceño: por qué Diego se turbaba al ver a García cruzando la plaza en compañía de un colono de la región.

Cuando le alcanzó, Diego saludó amablemente a García:

—¡Buenos días, sargento! ¿De paseo?

García sonrió con todos sus dientes y quiso llevar la mano a su sombrero para saludar a Rosita.

El brazo del colono Fortuna lo acompañó. Rosita comprendió entonces lo que había atraído la atención de Diego a primera vista: la muñeca del granjero estaba unida por una cadena a la muñeca derecha de García.

El sargento corrigió en seguida su error y se quitó el sombrero con la mano izquierda.

—¡Señorita! —dijo con una reverencia ridícula—. Me presento: ¡sargento García, para servirla!

Rosita no se dignó responder a ese saludo. La cólera se reflejó en su rostro:

—¿Qué significa esto, sargento? ¿Por qué este hombre está encadenado?

García se encogió de hombros.

—¡Encadenado! —dijo—. ¡Ésta es sólo una cadena muy delgada, señorita! —y luego quiso excusarse soltando un profundo suspiro—. Yo soy soldado, señorita. ¡Así, pues, cumplo órdenes! He detenido a este hombre por ocupación ilegal de una tierra. Se encontraba en las tierras pertenecientes a la corona de España.

—¡Es falso! —protestó el granjero—. Estaba en mi tierra, allí donde he vivido toda mi vida. Del día a la noche, nos expulsan de las tierras que nuestros antepasados cultivaron durante siglos.

Rosita comenzó a golpear el suelo con el talón, llena de furia, y exclamó:

—¡Detesto sus métodos, sargento!

García la miró con expresión de desdicha.

—¡Soy soldado, y como soldado...! —repuso señalando con la mano un gran cartel fijado a la

fachada de una casa, y explicó—: ¡Fíjese en ese hombre del cartel! Es el Zorro, un bandido muy peligroso buscado por todos los policías. Supongamos, por ejemplo, que mi jefe, el capitán Ortega, se imagina que el Zorro no es otro que el señor Diego y me ordena detenerlo. ¿Qué haría yo, en su opinión? ¡Pues bien, lo detendría, porque las órdenes son las órdenes!

Diego se echó a reír y declaró, con la mirada divertida:

—¡Qué suposiciones extravagantes hace, querido García!

—¡Claro! —respondió el sargento—. Igual que suponer que la luna es un queso blanco. Pero, mire,

es el capitán Ortega quien da las órdenes. ¡Yo obedezco! ¡Adiós, señorita! Adiós, señor de la Vega.

Rosita y Diego siguieron con los ojos al sargento y a su prisionero, que se alejaban.

—La situación se torna imposible en esta villa —declaró Diego con amargura—. Acabo de escribir al gobernador rogándole que abra una investigación sobre las acciones deshonestas de Ortega. Quiero que conozca las fechorías de ese bandido en la villa.

Rosita respondió fríamente:

—¡Es muy valeroso de tu parte, Diego! Pero mientras tú escribes cartas, bien instalado en tu cuarto, nuestros hombres se pudren en la cárcel...

—En todo caso —observó Diego—, desde mi última carta se han prohibido los castigos corporales y el trabajo forzado en las canteras. ¡La suerte de los peones ha mejorado gracias a mis cartas de protesta!

Rosita no decía nada. Tenía los ojos clavados en el cartel que García les había mostrado unos minutos antes. Los ojos del Zorro la miraban bajo su máscara negra. Muy serena, respondió finalmente:

—Todo eso los campesinos lo deben únicamente a la acción del Zorro. ¡Pretendes atribuirte los méritos de otro!

Su mirada se apartó de la imagen del justiciero y suspiró:

—¡Si fueses tan arrojado como el Zorro, querido Diego!

—¡Rosita! —exclamó Diego—. ¿No te da vergüenza? Ese hombre es un peligroso bandido.

Los ojos de la joven comenzaron a echar chispas:

—No te atrevas a repetir eso —dijo con furia.

Diego quiso cambiar de tema y declaró con el
tono más jovial posible:

—¡Vamos, Rosita! ¡No nos peleemos! Hemos
estado separados durante tanto tiempo... Si supie-
ras qué alegría me dio cuando supe que el barco de
Monterrey llegaba tres semanas antes de lo previs-
to. ¡Hace años que esperaba tu regreso, Rosita!

Pero sus cumplidos no tuvieron ningún efecto.
Rosita le interrumpió diciendo:

—A bordo del barco oí hablar mucho del capitán Ortega. Todos los que parecen conocerlo de-
cían de él lo mejor. Que era no sólo un buen soldado, sino también un buen hombre. ¡Es extraño saber que en realidad es un bruto y un malvado sin
conciencia!

Diego se encogió de hombros.

—Algunas personas son malas por naturaleza.
¡No se las puede cambiar! —observó—. En cuanto
a mí, me horroriza la violencia. Tiemblo ante la
idea de que haya quienes siempre están esperando
la ocasión para desenvainar su espada o apuntar su
revólver.

Rosita respingó su naricita, enfurruñándose, y se alejó.

Diego se echó a reír silenciosamente y la siguió. Estaba encantado de los sentimientos de Rosita por el Zorro. ¡Pero ella no debía saberlo!

Después de haber abandonado precipitadamente a Diego y Rosita, García y el granjero Fortuna se pusieron en camino hacia la cárcel. Los reproches de la joven habían tenido un efecto molesto en el grueso sargento. Tenía una expresión sombría y de fastidio, mientras que Fortuna lo seguía dócilmente para no lastimarse la muñeca tirando de la cadena.

Pasando frente a la posada, Fortuna preguntó al sargento por si acaso:

—¿No podríamos entrar un momento para comer un bocado, sargento?

García meneó la cabeza y miró su vientre agitado por sacudidas.

—¡No! —dijo con firmeza—. ¡Hoy ya he comido dos veces!

—¡Pero, sargento! —protestó el granjero—. ¡Yo no he comido aún nada en todo el día!

Un estómago vacío representaba para García la peor desdicha que podía imaginarse.

—¡No ha comido nada de nada! —exclamó aterrado—. ¿Y su estómago? ¿Qué me dice? ¡Es muy peligroso! Hay que hacer algo en seguida. En la cárcel la comida es asquerosa. ¡Ni los perros la quieren! ¡Además, las raciones son horriblemente pequeñas! ¡Espere! Voy a soltar esta maldita cadena. ¡No podría comer con esposas!

—¡Yo tampoco! —se dio prisa en añadir Fortuna.

—Por mi parte —dijo García—, no tengo hambre. Así que oiga lo que va a hacer...

—¿Qué, pues? —preguntó el granjero.

—Vaya a comer tranquilo y yo vuelvo a la cárcel, donde lo esperaré. Me llamará y volveré en seguida para meterlo en el calabozo. ¿No es una idea espléndida?

—¡Fantástico! —repuso Fortuna.

Y mientras el granjero entraba en la posada, García iba hacia la prisión.

Capítulo 8

Un sable para don Diego

DIEGO vagaba por el mercado en compañía de Rosita. La joven le arrastró hacia un puesto cuyo escaparate rebosaba de telas de seda de muchos colores.

Pero Diego no tenía interés en esos mantones rutilantes, esos vestidos con perendengues, esos collares, esos brazaletes. Continuó su camino hacia la tienda de un armero situada un poco más lejos.

Sus ojos se fijaron en un sable magnífico cuyo acero destellaba al sol. La guarnición estaba sabiamente labrada y con engaste de varias piedras brillantes, si no preciosas. Diego sopesó el arma con sus manos.

Rosita pronto se dio cuenta de que Diego ya no la seguía. Soltó la pieza de tela que sus dedos palpaban amorosamente y corrió hacia Diego, seguida por el comerciante, que seguía alabando su mercancía.

El armero, que presentía un comprador eventual, se había inclinado ante Diego diciendo:

—Este sable viene directamente de Italia, señor.

Una pieza única... ¡y nada cara! ¡Para usted, sólo treinta pesos!

Diego meneó la cabeza.

—No es caro, en efecto —concedió—. Pero, ¿qué podría hacer yo con un sable?

El comerciante frunció el ceño.

En su mirada brotó un atisbo de desprecio ante este joven señor bien vestido, pero incapaz de manejar un sable.

Pero su interés comercial acabó por dominarlo; comenzó a hacer el elogio del artículo.

—¡Fíjese en el fino cincelado de la guarnición! —exclamó—. Treinta pesos es un precio irrisorio para una pieza tan hermosa.

Diego no respondió. Tendió el brazo hacia delante y se puso a manejar torpemente el sable.

El comerciante no pudo evitar reírse y declaró con un tono burlón:

—¡Lo usa usted mal, don Diego! ¡Démelo! Voy a mostrarle cómo se maneja un sable. ¡Mire!

Diego sonrió afligido y dio el sable al comerciante.

Éste lo sostuvo y comenzó a azotar el aire con la lámina de acero, describiendo molinetes impresionantes.

—¡Es así como se maneja un sable! —dijo con orgullo.

—¡Sí, ya veo! —murmuró Diego—. Permítame probar una vez más.

El comerciante le entregó el sable. Diego se puso en guardia y dio unos pasos.

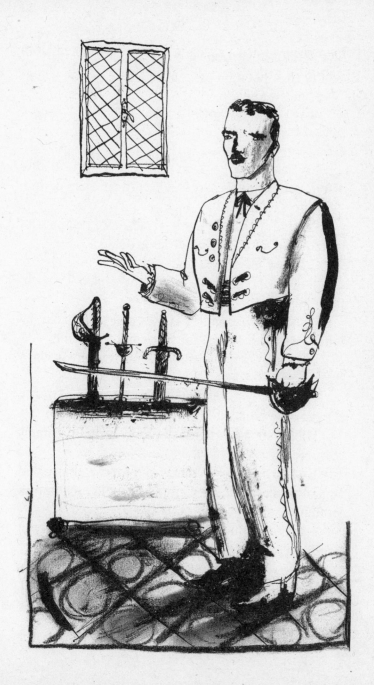

—¡Bien! —aprobó el comerciante con un tono lisonjero—. ¡Con un buen maestro de armas, aprendería usted muy rápido!

Rosita miraba a Diego con cara de asombro y le preguntó vacilante:

—¿Tienes verdaderamente intención de comprar ese sable, Diego?

—¡Es posible! —respondió Diego—. ¡Voy a pensarlo un poco más!

—¡Conozco en todo caso a alguien que podría darte lecciones! —dijo Rosita llena de esperanza.

Diego adoptó su expresión más inocente.

—¿Lecciones? ¿Qué tipo de lecciones quieres decir?

—¡Lecciones de esgrima, claro! ¡Lo que te hace falta es un maestro de esgrima que te muestre cómo usar un sable y que te enseñe a batirte!

Diego sonrió dulcemente y meneó la cabeza.

—¡Querida Rosita! —dijo—. No compro este sable para batirme con nadie. Sabes que detesto todas las formas de la violencia. No. Si compro este sable es para colgarlo en mi habitación, encima de la chimenea. Más bien como adorno, ¿comprendes?

Rosita le miró a su vez con expresión indignada.

—¿Quieres decir que compras este sable únicamente para decorar tu habitación?

Como último recurso, Diego levantó los brazos al cielo y suspiró:

—¡Evidentemente! ¿Qué quieres que haga con un sable?

Rosita pataleaba de cólera en la calle. Su rostro enrojeció y ella exclamó, furiosa:

—¡Si tú mismo no lo sabes, Diego de la Vega, pues yo tampoco lo sé! ¡Ah, me causas horror!

Dio media vuelta y salió, rabiando. Diego la siguió con los ojos, se encogió de hombros frente al comerciante que había asistido a la escena y se fue.

—¡Eh! —gritó el comerciante—. ¡Mi sable!

Diego se sonrojó, volvió deprisa sobre sus pasos y volvió a poner el sable en su sitio.

—Lo lamento —dijo disculpándose.

Corrió a reunirse con Rosita y siguió andando a su lado. Ella alzó la cabeza hacia él. Sus ojos centelleaban como los de una leona.

—¡Me pregunto qué te pasa, Diego! —dijo con el rostro descompuesto—. ¡No eres el mismo!

Su voz temblaba de indignación contenida.

—¿Qué quieres decir? —preguntó Diego con expresión de pesar.

Ella se plantó ante él, con las manos en las caderas, le miró fijamente a los ojos y le dijo:

—Antes, durante nuestra infancia, eras siempre el jefe de la banda. En todos los deportes eras el mejor. Eras valiente y no tenías miedo de nada. Eras porfiado y sin piedad, y...

Diego sonrió y la detuvo con un gesto:

—¡Rosita, mi niña! Cuando somos jóvenes, hacemos a veces cosas sorprendentes. Pero, con la edad, renunciamos a esos estallidos de bravura. ¡Me he vuelto razonable, fíjate!

Ella estaba triste y bajaba obstinadamente los ojos. Con una voz dulce murmuró:

—¡Es el otro Diego el que yo amaba, el de mi juventud! ¡El que siempre salía en defensa de los más débiles y que no podía ver la injusticia sin rebelarse!

Alzó los ojos y su rostro recuperó la serenidad. Casi tiernamente, le dijo:

—¡Tú sabes, Diego, que no he dejado de pensar en ti! ¡Durante toda mi estancia en Europa!

Diego apartó su mirada de la joven.

—¡Lamento haberte irritado! —dijo dulcemente.

—¡Sobre todo estoy decepcionada! —respondió ella enérgicamente.

Diego hizo un gesto de impotencia. Habría dado cualquier cosa por gritarle que nunca la había decepcionado: que él seguía siendo el que salía en defensa de los oprimidos; que no había dejado de combatir la injusticia, espada en mano; ¡que, en fin, él era el Zorro!

Pero no tenía derecho a revelar su secreto. Realmente entristecido, respondió:

—¡Lamento decepcionarte, querida Rosita! No tengo la madera de un héroe. Tú me conoces. Me siento mucho más a gusto entre mis libros de estudio. Leo y escribo poemas de buena gana. Pero ¡tú sólo tienes ojos para el Zorro, ese camorrista!

Ella fingió ignorar la provocación y no quiso continuar la polémica. Con una voz helada, declaró:

—¡Vamos! Nos queda mucho por hacer. Debemos darnos prisa.

Marchaban en silencio uno junto al otro. Los ojos de la joven parecían mirar a lo lejos un objeto misterioso e inaccesible. Ella no vio el rostro de Diego iluminado por una extraña sonrisa.

Capítulo 9

A Ortega no le llega la camisa al cuerpo

EL sargento García entró en el pequeño despacho del capitán Ortega, sacó pecho y llevó la mano a su quepis, a modo de saludo.

—¡Sargento García a sus órdenes, mi capitán!

El capitán alzó la cabeza. Tenía una expresión de desconcierto.

—¿Está solo?

—Pues... ¡sí, mi capitán! —soltó el sargento—. ¡Absolutamente solo! Yo soy un hombre solitario y...

—¡Silencio! —vociferó el capitán—. Le pregunto dónde está el prisionero. ¿Dónde se encuentra Fortuna, a quien debía traer aquí?

—¡Oh, Fortuna! —respondió García—. Está comiendo. Tenía hambre y el hambre...

—¡Comer! —aulló Ortega, levantándose de un salto—. ¿Comer qué? ¿Y dónde?

—¡En la posada! —repuso García—. Pero no podría francamente decirle qué come. En su lugar, yo habría tomado salchichas a la plancha y...

—¡Imbécil! —estalló el capitán hinchándosele

las venas de su frente—. ¿Quiere decirme que en este momento el prisionero está en la posada comiendo? ¿Y que come sin ninguna vigilancia?

—¡Así es, mi capitán! —respondió inocentemente García.

Los puños de Ortega tamborileaban sobre la mesa.

—¿Deja a un prisionero sin vigilancia en la posada?

Se mesaba los cabellos desesperado. García ya no comprendía francamente nada de las reacciones de su jefe.

—¡Me ha dado su palabra de que no se escaparía! —dijo desconsolado.

Ortega reaccionó como si le hubiese mordido una víbora.

—¡Sígame! —bramó.

Corrió a grandes pasos hacia la puerta y salió. García se encogió de hombros, desanimado, y siguió al capitán con expresión resignada.

Cruzaron la plaza. Bernardo montaba guardia junto a los caballos esperando el regreso de su amo y de Rosita. Vio llegar a dos militares y no les quitó los ojos de encima.

García y su jefe, en violenta discusión, se dirigían sin saberlo hacia Diego y su amiga. La pareja se había detenido frente al escaparate de un vendedor de telas. Rosita, envuelta en un gran mantón de seda púrpura, estaba admirándose ante un espejo.

Ortega estaba absorbido por los reproches que le soltaba a García, que brincaba a su lado y no miraba siquiera por dónde iba. Con la cabeza gacha, el capitán estaba a punto de chocar con Diego y su amiga cuando al fin se recobró.

Se inmovilizó de repente como una estatua. Con los ojos desorbitados, no podía apartar su mirada de la joven.

García no había observado nada y continuaba su camino farfullando excusas desmañadas. Diez metros más lejos, se dio cuenta de que estaba hablando en el vacío y se detuvo. ¿Dónde diablos estaba el capitán?

García no daba crédito a sus ojos. Vio al capitán lanzar miradas de espanto a su alrededor, escapar a todo correr y arrojarse finalmente boca abajo detrás de una cisterna cercana.

García tuvo que quitarse el sombrero. No era por respeto a la agilidad de su jefe, sino más bien para rascarse la cabeza, tan grande era su estupefacción.

Volvió sobre sus pasos. ¿Tenía telarañas en los ojos? Ortega se había agazapado detrás del depósito y alzaba unos ojos furibundos hacia el sargento.

García comenzó a tartamudear:

—¿Es que... tiene... le pasa algo, mi capitán?

—¡Desaparezca! —refunfuñó el capitán.

García sacudió la cabeza y se acuclilló junto a su jefe. Amablemente le aferró del brazo y se puso a tirar con todas sus fuerzas para ayudarle a ponerse en pie.

. Bernardo no perdía un detalle de la escena. Sus ojos iban sin cesar de Diego al sargento y del capitán a Rosita. ¿A qué estaban jugando?

Casi dislocándole el hombro, García dijo al capitán:

—Espero que no esté herido, mi capitán. ¿Cómo se siente?

Ortega se soltó con un movimiento brusco y dijo entre dientes:

—¡Déjeme, pedazo de idiota!

—¡Ha resbalado por el suelo húmedo! —dijo García con actitud comprensiva—. ¡Tiene sin duda mucha sed como para correr así hacia la cisterna! Sí, le he visto correr, mi capitán. ¡Ah, sí que ha corrido! De golpe, del capitán Ortega ni rastro. Ése es el incordio de los días de lluvia: patinas y te encuentras en el suelo sin haber tenido tiempo de sujetarte.

—¡Déjeme en paz! —gemía Ortega desesperado.

—¡Afortunadamente, llueve! —continuaba García—. ¡Después de tantos meses de sequía!

—¡Le llevaré ante un consejo de guerra! —se indignaba Ortega.

Habría querido gritar, pero no se atrevía a llamar la atención. Sólo podía murmurar, y García parecía sordo como una tapia.

Ortega se puso al fin en pie y su mirada buscó a Rosita por encima del borde de la cisterna. Cuando la vio, dio bruscamente media vuelta y se largó como un conejo bajo los ojos asombrados de García.

Bernardo no le había perdido de vista y le siguió con la mirada en su huida. Le vio detenerse un instante y volverse furtivamente para mirar a Rosita. Ésta conversaba animadamente con Diego frente a un puesto y no había visto nada de toda la escena.

Unas arrugas profundas fruncieron el ceño de Bernardo. Comenzó a pensar rápidamente y tomó una decisión. Abandonó los caballos y se dispuso a seguir a Ortega.

En cuanto a García, ya no sabía a qué santo encomendarse: se quedó con los brazos colgantes y sus ojos buscaban a su alrededor quien sabe qué.

Él también tomó finalmente una decisión: marchó a grandes zancadas hacia la posada acogedora.

Pisaba el umbral cuando una voz familiar le llamó por su nombre. Volviéndose, vio a Diego que le hacía una señal para que se acercase. García se dio prisa hacia el hombre a quien consideraba como un gran amigo.

—Sargento —dijo Diego con actitud reflexiva—, cuando le veo así, tengo la clara impresión de que se encuentra en dificultades. ¡Parece estar frente a un terrible problema! ¡Cuéntemelo, pues!

—¡Un problema, señor! —gimió García lúgubremente—. De problemas tengo llena la cabeza. Mi superior, el capitán Ortega, es un hombre que no me comprende. Y por otra parte, yo no comprendo al capitán. Es terrible. Me resulta extraño: ¡un día bueno, un día malo!

—¿Una dualidad psicológica, tal vez? —preguntó Diego interesado.

—¿Una qué?

Diego continuó sonriendo:

—Quiero decir esto: ¿le parece que el capitán tiene dos caras? ¿Tan pronto amable, tan pronto maligna?

García meneó firmemente la cabeza.

—¡No! ¡Qué va! —exclamó con voz convencida—. ¡En eso se equivoca! Él tiene todos los días la misma cara. Y, que Dios me perdone, todos los días es igualmente desagradable.

Dichas estas palabras, García volvió la espalda, decidido a beberse una cerveza en la posada.

Siguiendo a Ortega, Bernardo le había visto entrar en la alcaldía, donde Galindo tenía su despacho. Echó un vistazo al centinela y se preguntó cómo traspasar el umbral sin ser notado. Justo en ese momento, la suerte le sonrió. Al soldado le dio sed: inspeccionó los alrededores para ver si todo estaba tranquilo, se dirigió hacia la fuente del patio y bebió hasta saciarse.

Bernardo actuó en seguida. Rápido como el viento, recorrió los pocos metros que le separaban de la entrada y, como quien no quiere la cosa, se deslizó en el edificio.

Pensó. Evidentemente, Ortega había tomado sin vacilar el camino de la alcaldía. ¿Por qué?

Bernardo subió la escalera hasta la primera planta. Una vez allí, se quedó un momento sin moverse. Oyó voces detrás de una puerta. De puntillas se acercó, pegó la oreja a la madera y escuchó atentamente.

En el interior del cuarto, Galindo estaba sentado frente a su escritorio y miraba a Ortega con sus pequeños ojos brillantes. Éste último temblaba como una hoja.

—¡Es una catástrofe! —gemía—. ¡Una verdadera catástrofe...!

Los ojos despiadados del alcalde estaban fijos en Ortega. Galindo ordenó con rudeza al capitán que prosiguiese su relato.

Ortega se enjugaba el sudor que perlaba su frente y dijo, casi gimiendo:

—Conocí a esa joven en España, en Madrid, con ocasión de un baile en que también estaba presente el verdadero Ortega. Fue un poco antes de mi partida de España, cuando el Águila me envió aquí para ejecutar sus órdenes. Si ella me ve y sabe que me hago pasar por el capitán, la partida está perdida. ¡Ella me desenmascarará!

—¡Si lo reconoce! —observó el alcalde.

Ortega suspiró trágicamente y dijo:

—Tuve el honor de bailar con ella en esa ocasión: sin duda me reconocerá.

El alcalde se levantó lentamente de su sillón, con el rostro más sombrío que nunca; en sus ojos negros brillaba la maldad. Se apoyó con todo su peso en la mesa y dijo, separando las sílabas:

—¡Es muy grave, capitán! ¡Muy grave!

Ortega bajó la cabeza sin decir palabra.

—¡Si ella le ve aquí, está perdido! —continuó el alcalde sin piedad—. ¡Es un hombre acabado, amigo mío!

Ortega se repuso y suspiró:

—¡Los muertos no hablan, señor Galindo!

El alcalde le miraba con insistencia y preguntó:

—¿Qué quiere decir?

—¡Que ella morirá! —respondió Ortega.

Detrás de la puerta, a Bernardo le dio un vuelco el corazón. Su respiración se volvió jadeante mientras pegaba aún más la oreja a la madera para no perderse una palabra de la conversación.

El astuto Galindo escrutaba al capitán. Lentamente, una sonrisa maligna se dibujó en las comisuras de sus labios:

—La hacienda de su tío se encuentra en el valle, a la salida del desfiladero de Cahuenga. Es la primera a la izquierda, pasado el puente sobre el río.

Ortega movió la cabeza con expresión decidida.

—¡Iré y la esperaré ahí abajo! —dijo secamente.

Se dirigió hacia la puerta y la abrió deprisa y corriendo.

A Bernardo se le heló la sangre en las venas. Cuando el capitán iba a cruzar el umbral, resonó la voz del alcalde:

—¡Ortega!

Bernardo recobró su aliento y se enjugó la frente: Ortega, dando media vuelta, había entrado de nuevo en el despacho. El alcalde le hizo sentarse.

Aprovechando la ocasión. Bernardo se deslizó sin ruido hacia la escalera. Ahí le esperaba la segunda sorpresa. Al pie de la escalera, el soldado de guardia estaba tranquilamente apoyado en su fusil. ¡Imposible salir si el soldado no se movía de allí!

Bernardo retuvo su aliento y caminó marcha atrás rogando al cielo que el centinela no levantase la cabeza. En el despacho, se oían aún las voces del alcalde y de Ortega. Bernardo estaba entre dos fuegos: no podía avanzar ni retroceder y comenzó a pensar desesperado en el medio de salir de la boca del lobo.

Capítulo 10

Bernardo siempre sale bien parado

AMELIA, la doncella, esperaba sentada en el coche el regreso de su ama. Cuando Diego y su amiga llegaron, ella se inclinó para despejar el asiento de las bolsas de frutas y verduras amontonadas allí. Las recogió y las puso a su lado.

Intrigado, Diego paseó su mirada a la redonda y preguntó:

—¿Qué se ha hecho de Bernardo? ¿No estaba aquí hace un rato?

Amelia meneó la cabeza.

—¡No, señor, no he vuelto a verlo todavía!

Rosita tomó a Diego por el brazo y le preguntó, preocupada:

—¿Qué puede haberle ocurrido? ¡No suele abandonar su puesto sin razón!

Diego se frotó la barbilla con expresión de perplejidad y respondió:

—¡No tengo la menor idea de lo que puede estar haciendo!

Sus ojos buscaban por todas partes a su fiel criado, pero ¡ni rastro de él!

—¡Tal vez ha vuelto a la granja con mi padre!

—¿Con tu padre? —dijo asombrada la joven.

—Sí, mi padre ha bajado hoy a la villa. ¡Tal vez han vuelto juntos a la granja!

—¡Claro! —exclamó Rosita—. ¡Ésa es seguramente la clave del misterio! ¡Vamos, Diego! Volvamos rápido a casa.

Diego se acomodó sin decir palabra en el asiento, después de haber ayudado a la joven. Empuñó las riendas, chasqueó con la lengua y el coche se puso en marcha en seguida en medio de un espantoso chirrido de las ruedas.

En la alcaldía, en el estrecho corredor de la primera planta, Bernardo se preguntaba cómo salir

del avispero lo más rápido posible. Estaba entre la espada y la pared: al pie de la escalera, el centinela; detrás de la puerta, Ortega y el alcalde.

Inspeccionó los alrededores y tuvo una idea. En un hueco del pasillo había un cactus en una maceta de cerámica. Junto a la maceta, ¡una ventana daba al tejado de cinc de un pequeño cobertizo!

Bernardo se dirigió de puntillas hacia la ventana y se asomó: el soldado no se había movido de su sitio. Seguía dormitando apoyado en su fusil. Con una sonrisa maliciosa. Bernardo cogió el cactus, lo pasó por la ventana, lo sostuvo un momento y lo soltó. La maceta se estrelló contra el tejado del cobertizo y produjo un ruido atronador.

Espantado, el centinela dio un salto tremendo y fue a todo correr hacia el sitio del estrépito. Se detuvo temeroso ante el cobertizo, con el dedo en el gatillo del fusil. Paró la oreja y tomó una decisión atrevida. De un fuerte puntapié abrió la puerta del cobertizo. Todo estaba en silencio. Entró a tientas en el recinto oscuro, temiendo a cada instante que un enemigo se arrojase sobre él y lo matase.

Pero no había nadie en el cobertizo. El soldado volvió a salir meneando la cabeza. Paseó su mirada alrededor, pero no vio nada sospechoso. Se enjugó la frente y murmuró:

—¡Ese maldito Zorro me hace ver fantasmas por todas partes!

Se echó su fusil al hombro y fue a retomar su puesto al pie de la escalera.

En cuanto el guardia hubo abandonado su puesto, Bernardo bajó como una libre la escalera sin vigilancia. Una vez abajo, asomó prudentemente la cabeza fuera: para su gran alivio, vio entonces al soldado entrando en el cobertizo.

Bernardo echó a correr como un loco; lo más rápido que sus piernas se lo permitían, llegó a la plaza mayor, donde debía encontrarse el coche. Había desaparecido. Por más que buscó por todos lados, no lo vio. Suspiró. ¡Qué día lleno de complicaciones!

Se hacía de noche y Bernardo aún no había vuelto a la granja. Diego se consumía de inquietud, pero, afortunadamente, no lo demostraba. Estaba jugando al ajedrez con su padre, quien ignoraba todas las aprensiones de su hijo. Don Alejandro no habría comprendido los temores del joven, porque no sabía que Diego, sentado tranquilamente frente a él, no era otro que el famoso Zorro. Estaba absorbido del todo por el juego que le enfrentaba a su hijo. De repente don Alejandro alzó triunfalmente la cabeza y dijo:

—¡Jaque al rey!

Diego sonrió y adelantó su caballo. Era jaque mate.

Don Alejandro se sorprendió al principio por ese ataque fulminante. Luego soltó una risa cordial y, apretando amistosamente el brazo de su hijo, le comentó:

—Hace mucho tiempo, Diego, que no jugábamos al ajedrez tan tranquilos. Hace meses que deseaba pasar una velada tan apacible como ésta. ¡Dada la ocasión, te propongo abrir una botella de mi mejor coñac!

—¡Buena idea! —aprobó Diego sonriendo.

Su padre eligió una de sus mejores botellas y, llenando las copas, dijo:

—¡Aún no hemos visto a Bernardo esta noche!

Su hijo alzó los ojos y no logró ocultar más tiempo a su padre el malestar que sentía.

—¡Le perdimos en la villa esta tarde! —dijo con expresión preocupada—. ¡La verdad es que me tiene en ascuas!

Su padre tuvo una risa tranquilizadora:

—¡No te preocupes! ¡Bernardo sabe defenderse solo!

Levantó la copa y añadió:

—¡Así que mi hijo hoy ha hecho compras en compañía de una joven guapa! Porque Rosita es una chica muy guapa, Diego.

Diego asintió con la cabeza y se calló, turbado. Su padre continuó con una voz ahora de repente grave:

—Sería un padre muy satisfecho si mi hijo se casase con Rosita.

Diego enrojeció y respondió dulcemente:

—Eso me gustaría mucho, padre. Pero creo que prefiere a otro.

Don Alejandro dejó la copa y exclamó:

—¿Cómo? ¿Quieres decir que está comprometida con otro?

—¡No! —respondió Diego titubeante—. No exactamente comprometida, pero...

—¡Entonces no hay problema! —le interrumpió su padre alegremente—. Si no está aún comprometida con otro, pues bien..., la suerte no está echada, ¿no es así, hijo mío? ¡Un poco de energía, qué demonios!

Diego iba a replicar cuando se abrió la puerta del salón. Los jugadores volvieron la cabeza y vieron entrar a Bernardo, jadeante y sudoroso.

Diego soltó un suspiro de alivio. Su padre olvidó por un instante los asuntos del corazón de su hijo y exclamó con expresión satisfecha:

—Mi hijo se ha preocupado por nada. ¡Bernardo siempre sale bien parado!

Diego dijo que sí sin haber escuchado siquiera las palabras de su padre. Miró a su criado fijo a los ojos y comprendió en seguida que se avecinaba una desgracia. ¡Y qué desgracia!

Capítulo 11

¡Llega el Zorro!

ROSITA estaba sentada al piano y sus dedos ágiles tocaban una pieza melodiosa. Las notas armoniosas parecían flotar con pesadumbre en el aire de la habitación; la suave luz de dos candelabros iluminaba la silueta graciosa de la joven; la atmósfera era plenamente romántica.

Acabada la melodía, Rosita se levantó dando un gran suspiro. Apagó una a una las velas y se dirigió hacia la gran puerta que daba acceso a la sala de estar. Sintió frío y acomodó el mantón sobre sus hombros; luego cruzó el patio para llegar a su dormitorio. Entró, cerró cuidadosamente la puerta y quiso encender la lámpara a petróleo.

Se quedó inmóvil, con un nudo en la garganta, cuando vio moverse una cortina y la sombra de un hombre que avanzaba hacia ella.

—¡Buenas noches, señorita!

Estaba helada de miedo. Su corazón latía acelerado. Con una voz ahogada, preguntó:

—¿Quién... quién es usted?

Ortega —pues era él— avanzó hacia ella. No iba

vestido como capitán de los lanceros, aunque estuviese armado de una espada, un cuchillo y un revólver. Hizo una mueca, acompañada de una expresión lúgubre, y preguntó:

—¿No me reconoce?

Se acercó aún más. Despavorida, ella dio un paso atrás. Ortega se volvió de lado y la luz pálida de la luna iluminó su rostro.

—Y ahora, bajo la luna —preguntó—, ¿me reconoce?

Ella le observó y movió la cabeza gravemente.

—Sí —dijo suavemente—, yo sé ahora quién es usted. Nos conocimos en España. ¡Si no me equivoco, con ocasión de un baile en Madrid!

Ortega hizo una gran reverencia y se quitó el sombrero con un gesto solemne:

—¡Sancho Fernández, para servirla, señorita!

Rosita respiró profundamente. Abrió bruscamente las puertas vidrieras y salió al patio interior. En sus pulmones entró el aire fresco de la noche.

Pero Ortega la había seguido. La tomó del brazo. Ella se desprendió con un movimiento brusco y preguntó, altanera:

—¿Cómo ha entrado? ¿Qué hace aquí a esta hora?

Ortega —como lo seguiremos llamando— se echó a reír cínicamente.

—Digamos... pues... ¡una visita de cortesía a usted y a su familia!

Vacilante, ella replicó:

—Haría mejor en venir en otro momento, señor

Fernández. Es inconveniente encontrarnos solos aquí a esta hora.

Ortega soltó una carcajada.

—¿Solos? —exclamó—. ¿No está su tío en la casa para velar por usted? —recorrió furtivamente con su mirada las ventanas oscuras de la casa. Alrededor de ellos reinaba un silencio de muerte.

Rosita meneó la cabeza:

—¡Mi tío está de visita en casa de un amigo de la familia! —respondió sin darse cuenta de su error.

—¡Pero estarán, de todos modos, los sirvientes! —insistió el bandido.

—¡Los sirvientes hace tiempo que están acostados! —dijo Rosita, a quien todas estas preguntas comenzaban a impacientarla—. En consecuencia, ¡hágame el favor de marcharse!

En lugar de obedecer, Ortega dio unos pasos hacia la joven, que perdió el equilibrio y dio contra el muro que rodeaba el patio. Pegó su espalda a la pared y sus manos, crispadas por la angustia, intentaron agarrarse a las piedras rugosas.

Ortega se acercó lentamente: ella no podía ya retroceder. Tendió la mano hacia el mantón que llevaba alrededor del cuello.

—¡Un hermoso mantón! —dijo haciéndose el entendido—. La he visto comprándolo esta tarde en el mercado. ¡Tiene buen gusto, señorita! ¡Un verdadero buen gusto!

—¡Le digo que se vaya! ¡Váyase! —farfulló ella, bruscamente presa de un terrible espanto.

Él se rió burlonamente y sus dientes de lobo brillaron bajo los rayos de la luna: tenía el aspecto de un animal salvaje acechando a su víctima.

Lentamente, las manos del malvado se tendieron hacia las puntas colgantes del mantón. Con la yema de los dedos acarició la tela brillante. Ella le miró con insistencia, con la boca abierta como para gritar, pero ningún sonido salió de su garganta.

De repente, las manos de Ortega se abrieron como las garras de un ave rapaz, sostuvieron las puntas del mantón y apretaron la tela alrededor del cuello de la joven para estrangularla. Ella lanzó un grito ahogado y perdió el conocimiento.

En ese momento, el cielo pareció desplomarse sobre la cabeza del malvado. Un inmenso murciélago, negro como la tinta, y que parecía salido del infierno, se irguió sobre el cercado. Ortega alzó la cabeza y reconoció inmediatamente la silueta a punto de arrojarse sobre él. *¡Llega el Zorro!*

Presa del pánico, Ortega soltó a la joven desvanecida y reaccionó con la velocidad del relámpago: dio un salto hacia atrás en el momento en que el hombre de negro iba a abatirse sobre él.

—¡El Zorro! —exclamó.

Sacó su espada, ¡pero demasiado tarde...! Ya el Zorro le hacía frente. Los dos hombres estaban inmóviles. Rápido como el rayo, Ortega estiró el brazo. ¡Inútil! El Zorro esquivó el golpe y contraatacó. Se desencadenó la lucha: el ruido de las espadas que chocaban resonaba intensamente en la noche.

Durante ese tiempo, Rosita recobraba lentamente el sentido. Logró sentarse en el suelo y desanudar el mantón que apretaba su garganta. Su pecho se elevó al hacer una profunda inspiración. Se incorporó, aún muy aturdida.

Ortega la vio con el rabillo del ojo y pensó que era para él el mayor peligro. Se volvió a toda prisa y se abalanzó sobre ella, espada en mano. La joven gritó. El Zorro no vaciló un segundo. Como un verdadero demonio, dio un salto hacia delante y de una poderosa estocada hizo volar el arma de las manos del asesino. La espada resonó en las losas del patio. Ortega se quedó petrificado, como si la muerte le mirase por primera vez a los ojos. Y fue el Zorro quien, en ese momento, vaciló en matar al hombre que se encontraba frente a él.

Ortega recobró el ánimo y corrió hacia el portal que cerraba el patio. Una vez allí, dio media vuelta. En sus manos brillaba un cuchillo. Esta vez, el Zorro no vaciló: cogió un taburete y usándolo a modo de escudo se protegió el pecho. En el mismo instante, Ortega lanzó su arma y la hoja del cuchillo se clavó vibrando en la madera.

Un momento más tarde Ortega había desaparecido. El Zorro quiso salir en su persecución. Pero, volviendo la cabeza, vio a Rosita, con el cabello suelto y la ropa en desorden. Se acercó a la joven, cuya mirada se demoró en la máscara negra del héroe. Esfuerzo inútil: ¡jamás sabría quién era el tan admirado Zorro!

En cuanto a él, viendo que la joven no estaba herida, hizo una gran reverencia y con su voz cálida, ahogada por la máscara, se dirigió a Rosita en estos términos:

—¡Hasta nuestro próximo encuentro..., señorita!

Ella sacudió la cabeza, sin decir palabra, y creyó por un instante que todo aquello no era más que un sueño. Luego ya no vio su rostro. El Zorro le daba la espalda con un gesto brusco que hizo flamear su gran capa negra. Corrió hacia el portal, se volvió una última vez y le hizo una señal de adiós.

Capítulo 12

Ortega emprende la huida

ERA tarde y el alcalde Galindo seguía trabajando.

Estaba inclinado sobre sus escritos y la llama de una vela iluminaba su rostro, dándole un aspecto aún más siniestro que a la luz del día.

Alzó la cabeza cuando oyó pasos rápidos en la escalera y luego en el corredor. La puerta de su despacho se abrió violentamente y Ortega apareció en el umbral. Jadeaba y ofrecía un aspecto lamentable.

Galindo frunció el ceño y preguntó:

—Pues bien, capitán, la... pues... ¿la caza ha sido buena? ¿O me equivoco suponiendo lo contrario?

Ortega le miraba con el ceño crispado en dos arrugas oscuras.

—¡Se acabó! —dijo lentamente—. Mi carrera de comandante de las tropas de Los Ángeles ha terminado.

—¡Ha fracasado, entonces! —constató el otro.

Ortega sacudió lentamente la cabeza y dio un

paso adelante. Luego, de repente, antes de que el alcalde se diera cuenta de lo que pasaba, un revólver apareció en la mano de Ortega, con el cañón dirigido al pecho del alcalde.

—¡He fracasado, sí! —confirmó Ortega—. ¡Pero no completamente!

Se rió burlándose cruelmente. El alcalde dijo vacilante:

—¿Qué le pasa? ¿Qué va a hacer? ¡Sea razonable, Fernández, y enfunde ese revólver!

Ortega sacudió la cabeza.

—¡Necesito dinero! —dijo con un tono seco—. Sé que usted lo tiene aquí. ¡Vamos, démelo!

El alcalde logró soltar algo parecido a una risa ronca.

—¡Cómo se atreve! —exclamó—. ¡Cómo se atreve a robarme mi dinero en mi propia casa y...!

—¡Silencio! —vociferó Ortega—. ¡El dinero, en seguida, o le vuelo la tapa de los sesos!

Galindo suspiró profundamente y abrió a disgusto un cajón de su escritorio. Sacó de allí una bolsa de cuero y la arrojó sobre la mesa.

—¡Así me gusta, querido alcalde! —apreció el bandido.

Con el revólver siempre apuntando a Galindo, dio la vuelta alrededor del escritorio para colocarse detrás del alcalde.

Éste volvió a medias la cabeza y dijo enérgicamente:

—¡Imbécil! ¿Piensa seriamente librarse con ese dinero? ¿Piensa escapar a la venganza del Águila? Yo le juro que él lo perseguirá hasta el fin del mundo y que...

Ortega dio un rudo culatazo en la cabeza de Galindo y lo hizo callar. Soltando un grito ahogado, el alcalde se desplomó en la mesa.

Con un gesto rápido, Ortega se apoderó del dinero y se apresuró hacia la salida. Debía ahora abandonar Los Ángeles lo más pronto posible.

Después de haber dejado a Rosita, totalmente tranquilo a su respecto, el Zorro llegó hasta su caballo, atado a un árbol cerca de la granja, y se lanzó en persecución de Ortega.

La villa dormía; todas las calles estaban desiertas. Llegó a la plaza mayor, donde se erguían dos edificios sombríos: el cuartel y el ayuntamiento. Con un golpe seco, detuvo a su caballo cuando vio otro animal atado frente a la alcaldía. Reconoció sin esfuerzo la montura de su enemigo mortal, Ortega, alias Fernández. En el mismo momento, el falso capitán salió del edificio y se inmovilizó en la escalinata.

Ortega se quedó petrificado cuando vio, justo en medio de la plaza, bañada por la luz de la luna, la silueta del Zorro. Tuvo la sensación de vivir una pesadilla al advertir a ese caballero enmascarado, todo vestido de negro, que le impedía pegar ojo durante la noche y a quien odiaba más que a nadie en el mundo.

El Zorro constituía un blanco magnífico. Ortega desenfundó su revólver e hizo fuego. Reaccionando con la velocidad del relámpago, el Zorro se dejó caer de su silla a un lado y rodó por el suelo, mientras que la bala silbaba en sus oídos.

En el cuartel, donde los soldados dormían, se encendió una luz. El sargento García se incorporó en su cama, despertado por el ruido del disparo. Llevaba un largo camisón todo arrugado y un gorro adornado con una borla, lo que volvía aún más cómica su gruesa figura redonda. De un salto, salió de la cama.

Sacudió a dos soldados que roncaban a pierna suelta y, en la oscuridad, se puso a buscar a tientas el pantalón. Luego, una vez que hubo logrado ponérselo, se precipitó al exterior.

Pronto llegó corriendo a la plaza, seguido de los dos soldados, con los ojos hinchados de sueño. Allí se inmovilizó. Los dos soldados que le seguían chocaron con él. Los tres rodaron por el suelo y luego se levantaron frotándose la cabeza.

El Zorro se había puesto de nuevo rápidamente en pie: en su mano centelleaba la espada. Ortega puso la mano en el gatillo del revólver, pero el arma sólo dejó escuchar el ruido del disparador que se abatía en el vacío. Con un grito de rabia,

Ortega arrojó lejos de sí ese revólver que ya no servía para nada. Se vio perdido.

Con la espada vengadora centelleando en su mano, el Zorro se abalanzó como un tigre sobre su adversario. Ortega sabía que huir no serviría de nada y que la única posibilidad de frenar el peligro era... pasar al ataque. Corrió en dirección al Zorro, de manera tan brusca que éste saltó instintivamente a un lado. Fue un error: la bolsa de cuero que Ortega sostenía alcanzó con violencia al Zorro en la sien y el caballero cayó al suelo medio aturdido. Ortega quiso arrojarse sobre él, pero rodando muy rápido, el Zorro evitó ese asalto y Ortega aterrizó en el polvo en lugar de caer sobre el valiente enmascarado.

La mano del zorro se estiró como un tentáculo y aferró el tobillo de Ortega. Éste lanzó un grito: su pierna estaba atenazada.

—¡Suélteme! —jadeaba Ortega con desesperación.

El sudor corría por su rostro.

—¡El Zorro! Le doy la mitad de este oro si deja que me vaya. La mitad, ¿lo oye? ¡Será rico, Zorro!

Detrás de la máscara surgió una risa penetrante:

—¿Por qué habría de quedarme sólo con la mitad, Ortega?

Ortega absorbió una bocanada de aire. Observaba ahora a este hombre casi arrodillado a su lado e intentaba reconocer los ojos que brillaban bajo la máscara.

—¿Quién es usted? —preguntó tartamudeando—. ¿Quién es? ¿Tal vez el demonio? ¿O un espíritu?

El Zorro movió lentamente la cabeza.

—¡Ni uno ni otro, Ortega! ¡Ni uno ni otro!

García y sus dos hombres habían asistido a toda la escena.

—¡El Zorro! —exclamó el sargento—. ¡Va a matar al capitán! ¡Síganme! Debemos salvar la vida de nuestro jefe.

El Zorro se volvió de golpe y vio a los soldados, bajo la conducción del grueso sargento, abalanzándose sobre él. García hizo un disparo de fusil. Afortunadamente para el Zorro, García era muy mal tirador. El Zorro se incorporó de un salto y vio que Ortega había aprovechado la ocasión y emprendió la huida durante un breve momento de distracción de su parte. El bandido se enganchaba a las plantas trepadoras que cubrían la fachada de la casa. Pronto llegó al tejado: estaba transitoriamente fuera del alcance del justiciero.

Detrás de él, el Zorro oyó acercarse a los soldados. Desprendió enérgicamente el lazo arrollado a su cintura y lo hizo dar vueltas por encima de su cabeza. El lazo atravesó el aire silbando y se abatió alrededor de García y de sus dos acompañantes. El Zorro se afianzó y el valeroso trío cayó de una sola

vez al suelo. Mientras seguía tensando enérgicamente la cuerda, el Zorro se precipitó sobre ellos.
García le miraba con los ojos desorbitados por el
miedo. Suplicó:

—¡No me mate, señor Zorro! ¡De verdad, yo no
tengo nada contra usted! ¡Y mis dos compañeros
tampoco! ¿No es así, amigos míos?

Los dos soldados miraban al Zorro con los ojos
muy abiertos, y aprobaron vigorosamente esas palabras amables. Por poco habrían jurado que el
Zorro era su mejor amigo en el mundo.

El Zorro no respondió. Ató a los tres barbianes
por medio de nudos rápidamente ajustados.

—¡No os mováis! —dijo amenazante—. Aquel

que abra la boca, aunque sólo sea un poco, es hombre muerto. ¿Comprendido?

Dóciles, los tres hombres asintieron y García apretó los labios con tanta fuerza que habría sido posible preguntarse si llegaría alguna vez a abrirlos de nuevo.

El Zorro alzó la cabeza. En el caballete, la vaga silueta de Ortega se recortaba sobre el cielo oscuro. Detrás de su máscara, el Zorro esbozó una sonrisa vengadora. Después de un último vistazo a los tres prisioneros atados como salchichones, dio media vuelta y corrió hacia la alcaldía.

Lentamente, comenzó a trepar por la hiedra de la fachada.

Capítulo 13

La muerte de un malvado

SENTADO a horcajadas en el caballete del tejado como un caballero, Ortega lanzaba miradas perdidas a su alrededor. Encaramado en tal promontorio, había visto cómo el Zorro se había desembarazado de sus tres agresores. Se preguntaba con espantó cómo se libraría de esta situación que parecía no tener salida.

No dudaba de que el Zorro iría a buscarlo. Apretaba fuertemente la bolsa contra sí, decidido a defender su botín y su vida hasta el final.

Tumbado de espaldas, García vio al Zorro trepar lenta pero resueltamente por la hiedra nudosa. Uno de los soldados atados con él le susurró al oído:

—¿No habrá que prevenir al capitán? ¿No habrá que gritar?

—¡Silencio! —murmuró García entre dientes—. ¡Ha oído las palabras del Zorro! El que abra la boca es hombre muerto. ¡Ciérrela y cuidado con lo que hace, soldado!

El soldado se calló en seguida, con gran alivio de García. En el fondo el sargento no se sentía molesto por ser incapaz, esta vez, de prestar ayuda a su odiado jefe. Incluso esperaba que el Zorro saliera vencedor de este combate singular.

—¡Sargento! —murmuró el otro soldado—. ¿No podría meter un poco hacia dentro su tripa? ¡Me falta el aire! ¡Me ahogo!

—¡Arrégleselas como pueda, muchacho! —repuso García—. ¡Y deje mi tripa en paz! ¿Comprendido?

Miró de nuevo hacia el tejado. El Zorro había alcanzado la cornisa y se alzaba con los dos brazos. Pasó una pierna por encima del borde y pronto estuvo de pie en el estrecho pasaje. García cerró los ojos y, de miedo, metió hacia dentro el estómago. El soldado, aprovechando la ocasión, absorbió una buena bocanada de aire.

Con los brazos extendidos como un sonámbulo, el Zorro avanzó prudentemente. Ortega seguía sentado sin moverse. Sostenía la bolsa en su mano derecha. Por un instante pensó en tirar el pesado saco de oro a la cabeza del Zorro. Era la última oportunidad de vencer a su enemigo. ¡Un solo tiro bien dado y el hombre enmascarado, en equilibrio inestable sobre la cornisa, caería al vacío y se estrellaría en el suelo!

Pero la codicia de Ortega se impuso sobre su miedo. ¿Y si fallaba el golpe? Perdería entonces la vida y el oro. No comprendió que sus posibilidades de morir eran aún mayores si conservaba ese saco que, por otra parte, le impedía el uso de la mano derecha.

Por otra parte, si dejaba su vida en la aventura, ¿de qué servía todo ese oro? Eso fue lo que Ortega no comprendió.

Con mucha agilidad y prudencia, el Zorro llegó al caballete del tejado. Se sentó a caballo y se deslizó lentamente hacia el bandido.

Se reía burlona y suavemente: a los oídos de Ortega era como si el demonio se riese. Ortega comenzó a retroceder nerviosamente hasta el extremo del tejado. No podía ir más lejos. El miedo le hacía sudar la gota gorda. Tendió hacia el Zorro la mano que sostenía la bolsa y gritó, desesperado:

—¡Tómelo todo, Zorro, pero déjeme vivir! ¡Le doy todo este oro!

El hombre enmascarado sonreía con actitud amenazante. Estaba ahora apenas a un metro de su enemigo.

—¿Qué haría yo con su oro, Ortega? ¡Yo soy un hombre rico! ¡Pero de otra manera! Quiere saber quién soy, ¿eh? ¿Quiere saber quién es el Zorro?

Ortega seguía sentado, sin energía. Sacudió la cabeza como un autómata. El Zorro dijo suavemente:

—¡Su voluntad será satisfecha, Ortega! ¡Es la última voluntad de un condenado a muerte, créame!

—¿Quién es? —preguntó Ortega con una voz que ya sólo era un silbido ronco.

—¡No hay testigos, Ortega! Sólo usted sabrá en pocos instantes quién es verdaderamente el Zorro. ¡Va a morir y los muertos no hablan!

El Zorro llevó la mano a su cara y levantó la máscara. Ortega se tocó el cuello y dijo, con una voz ahogada por el odio y el terror:

—¿Usted? ¿El Zorro?... ¡Usted Diego de la Vega, al que yo tenía por un vago, un inútil..., usted es el Zorro!

Diego volvió a ponerse la máscara y afirmó:

—¡Sí, yo soy el Zorro!

Ortega tuvo un acceso de risa burlona que se convirtió en seguida en una carcajada convulsa y sin pausa. Zorro creyó que ese hombre que tenía enfrente se había vuelto loco.

—¡Es una farsa! —decía Ortega entre dos risas—. Usted no es el Zorro. ¡Usted... usted es un impostor!

Al mismo tiempo, lanzó con fuerza el saco de oro a la cabeza del Zorro. Pero vaciló y perdió el equilibrio. El Zorro esquivó el proyectil e intentó atrapar al bandido. ¡Demasiado tarde! Ortega se agarró al borde del tejado: ¡sus dedos se aferraban a la última brizna de paja que la vida aún le ofrecía! Luego cedió y, con un grito aterrador, cayó al vacío.

García cerró los ojos y se santiguó. Cuando alzó la cabeza, vio al Zorro de pie en el tejado. Volvió a cerrar los ojos y comenzó a rezar.

Con su amplia capa flotando al viento, el Zorro semejaba un gran murciélago que se destacaba en el cielo nocturno. En ese momento la luna salió de detrás de las nubes. Su luz macilenta iluminó el rostro del hombre que lucharía siempre por la paz y la libertad: el hombre que, espada en mano, combatiría la injusticia y daría su vida por una buena causa.

Cuando García se atrevió a abrir los ojos, el

Zorro había desaparecido. Pero el sargento sabía que pronto se lo cruzaría en su camino.

El Zorro volvería, ¡era absolutamente seguro! Y en el fondo de su corazón, el sargento García estaba contento. ¡Muy contento!

ÍNDICE

ESTE LIBRO SE TERMINÓ DE IM-
PRIMIR EN LOS TALLERES GRÁ-
FICOS DE PALGRAPHIC, S. A., HUMA-
NES (MADRID) EN EL MES DE MAYO DE
1995, HABIÉNDOSE EMPLEADO, TANTO
EN INTERIORES COMO EN CUBIERTA, PA-
PELES 100% RECICLADOS.